U0609560

三十年

虎口遐想

姜昆·编著

天津出版传媒集团

百花文艺出版社

图书在版编目（ＣＩＰ）数据

虎口遐想三十年 / 姜昆编著. -- 天津：百花文艺
出版社，2017.9
ISBN 978-7-5306-7338-6

Ⅰ. ①虎… Ⅱ. ①姜… Ⅲ. ①中国文学–当代文学–
作品综合集 Ⅳ. ①I217.1

中国版本图书馆CIP数据核字(2017)第217462号

选题策划：刘　勇　　　　责任编辑：刘　勇　马　畅
装帧设计：郭亚红

出版发行：百花文艺出版社
地址：天津市和平区西康路35号　　邮编：300051
电话传真：+86-22-23332651（发行部）
　　　　　+86-22-23332656（总编室）
　　　　　+86-22-23332478（邮购部）
主页：http://www.baihuawenyi.com
印刷：天津海顺印业包装有限公司分公司
开本：787×1092毫米　　1/16
字数：170千字　　插页：24
印张：15
版次：2017年9月第1版
印次：2017年9月第1次印刷
定价：58.00元

从 1983 年第一届春晚开始，到 2017 年，姜昆共二十次登上央视春晚舞台，创造了"不老松"的奇迹。

1984 年央视春晚的七位主持人：
卢静、陈思思、马季、姜黎黎、姜昆、黄阿原、赵忠祥

1986 年央视春晚，姜昆与冯巩表演相声小段

1987 年央视春晚，姜昆与唐杰忠表演相声《虎口遐想》

1990 年央视春晚，姜昆与冯巩、朱时茂等在舞台上

1990 年, 姜昆、唐杰忠与黄小娟等在央视春晚后台

1990 年, 姜昆与牛群、冯巩在央视春晚后台

2008 年，姜昆与陈佩斯在央视春晚后台

2009 年，姜昆与戴志诚参加央视春晚彩排

2011年央视春晚，姜昆与戴志诚、郑健、周炜、李伟健
表演相声《专家指导》

2017年央视春晚，姜昆与戴志诚表演相声《新虎口遐想》

　　北京到广州，两天三夜，我晓行夜不休，除了餐车和厕所哪儿也不去，一气呵成，在硬板卧铺上，愣是在巴掌大的小记录本上改编完成了相声。

——姜昆

姜昆《虎口遐想》创作手稿

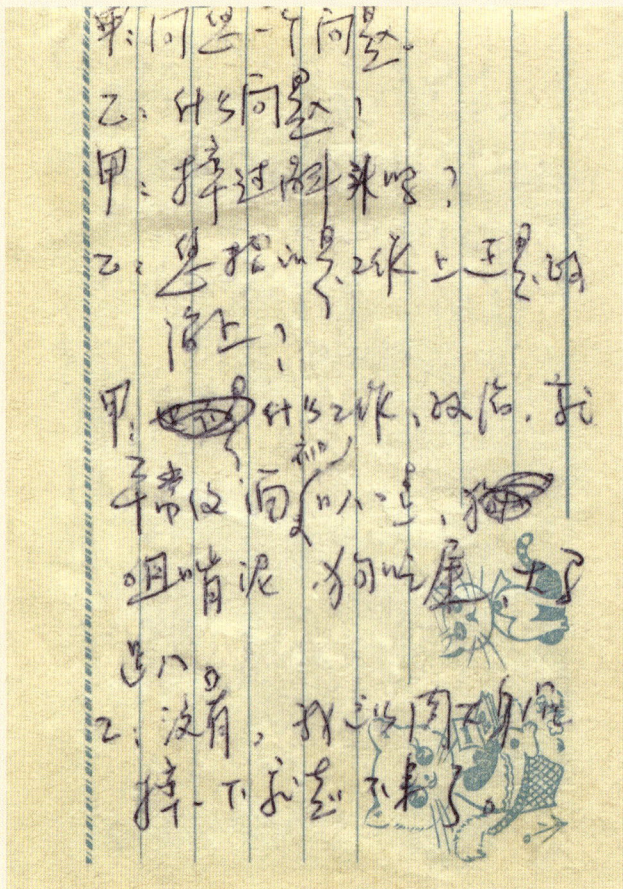

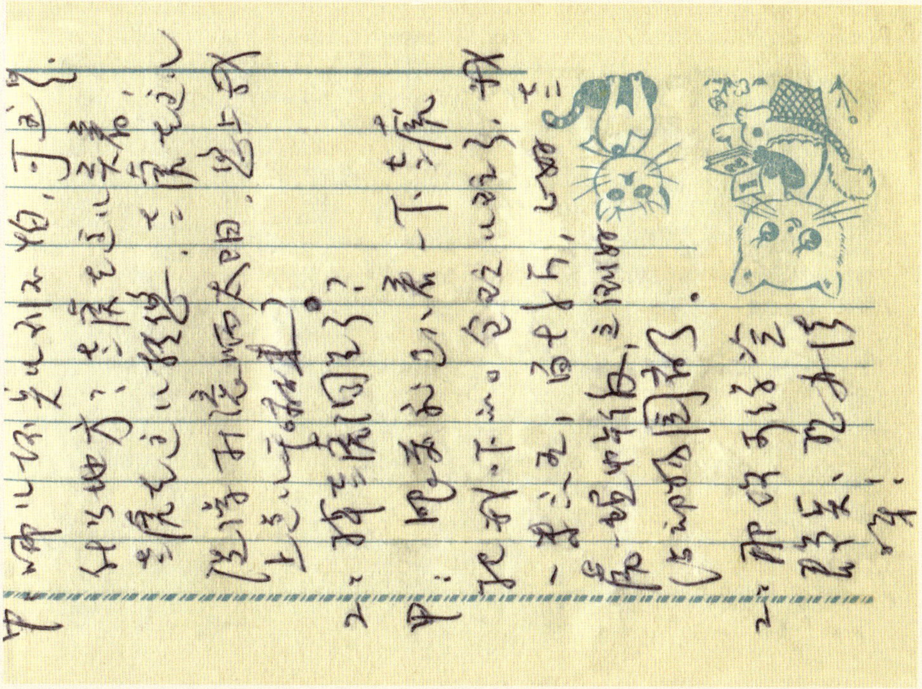

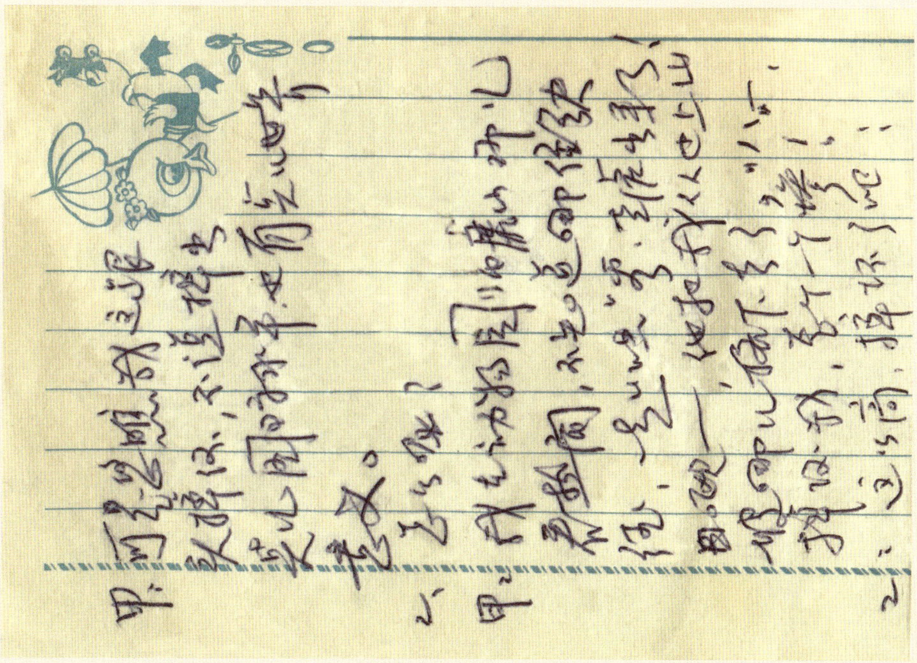

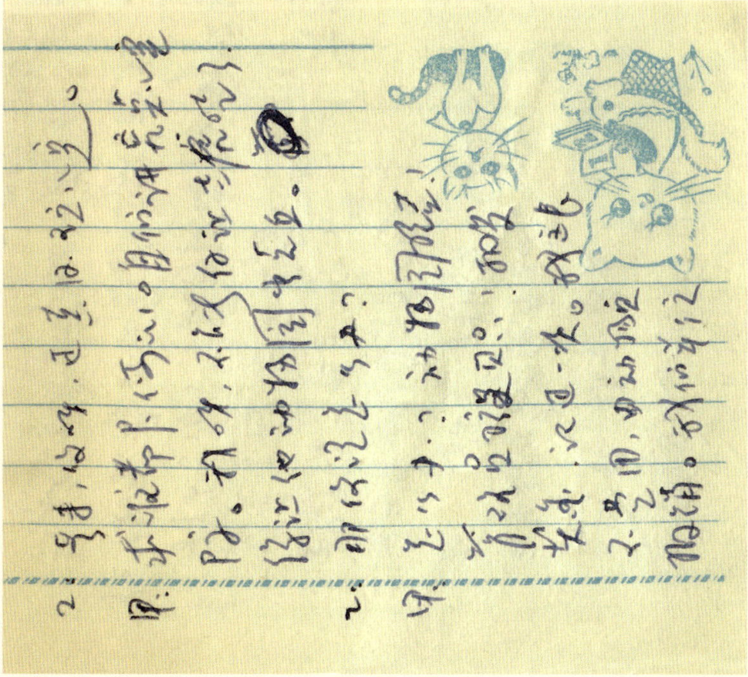

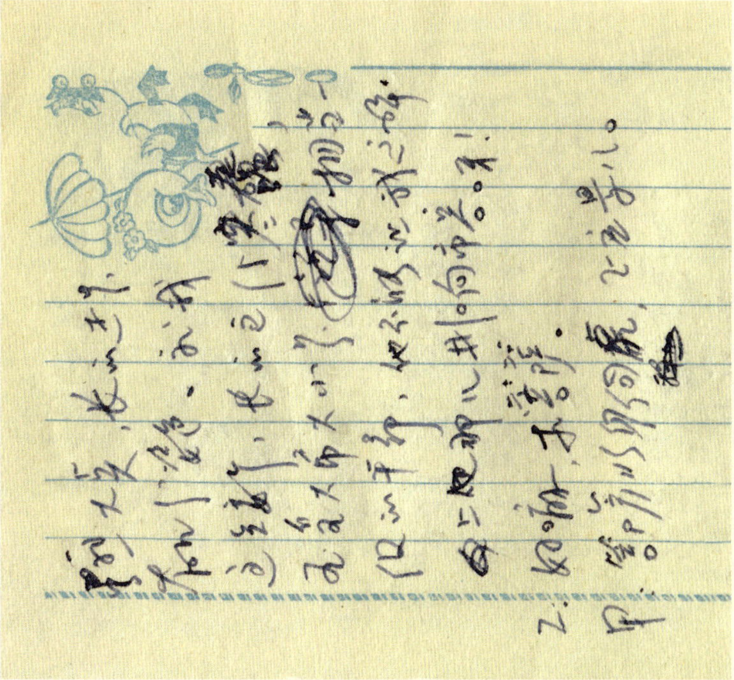

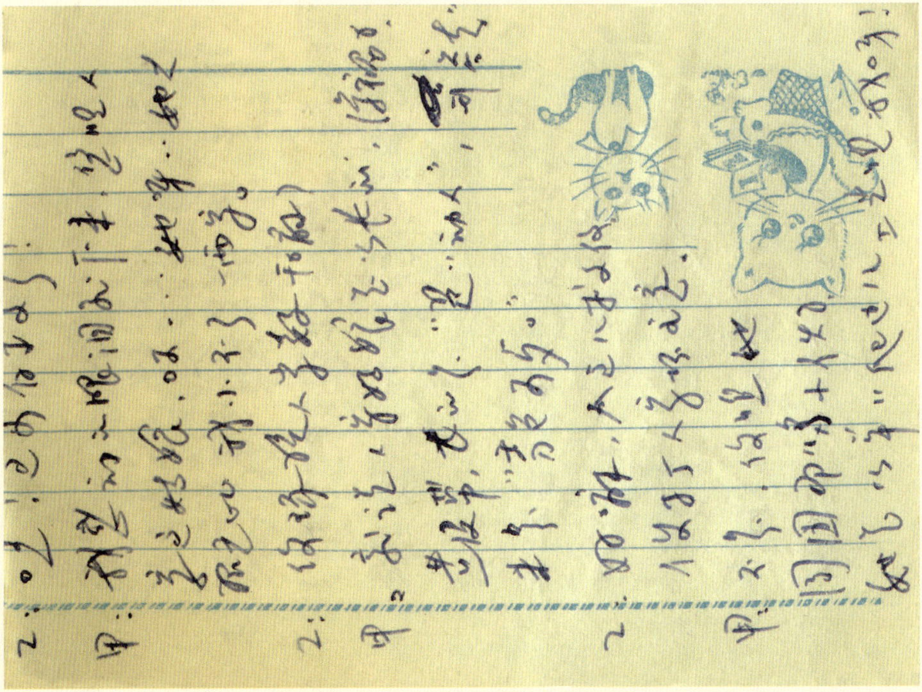

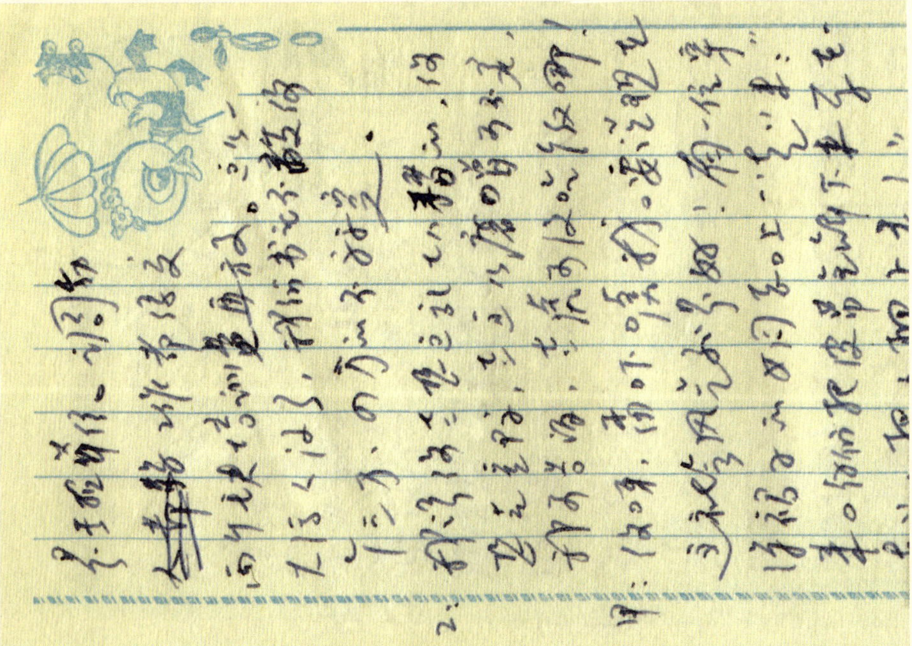

姜昆广好交友，助人为乐，急公好义，爱好多多；对生活总是充满好奇，好像永远兴致勃勃地站在生活的第一线。

——冯骥才

姜昆与"好兵帅克"

"我是世界人"

漫画家方成眼里的姜昆

"牛头遐想"

在智利祈祷世界和平

"说相声"的姜昆

目　录

众人评点

一个相声传奇的档案（代序）

○冯骥才

一个传奇一定会留在相声史里，它的名字尽人皆知——《虎口遐想》。

说它传奇并不为过。哪个相声在数亿人中爆红之后，被两代人高高兴兴地记住了三十年，如今忽然幡然一新，改头换面，居然再一次在亿万人中引起哄堂大笑，而且这亿万人中还多了一代新人，谁能造出这样一个相声的奇迹？

姜昆。但姜昆靠的可不是他的名气，他靠的是异想天开的创造性，对生活的敏感，天生的幽默感，锐意的批评，如果再往深处说，就是对社会的责任感了。三十年前如此，今天更如此。

我认识姜昆是在熟悉和喜爱他的相声之后，接触到他，便更能体会到他相声的内涵。他广好交友，助人为乐，急公好义，爱好多多；对生活总是充满好奇，对新鲜事物总是想提前占有，他好像永远兴致勃勃地站在生活的第一线。不管这是不是天性使然，反正艺术家不能被生活甩在外边。你关切活生生的生活，生活就会成为你艺术的生命力。这也许正是《新虎口遐想》获得成功的"秘诀"。手机病、食品安全、塞车、贪腐、媒体娱乐化、无厘头的瞎起哄以及社会公德的缺失，不正是当今全社会最关注的焦点吗？

不正是需要我们明确的是非判断吗？

如果拿新老两段《虎口遐想》比较一下就会发现，姜昆不仅一如既往地保持着鲜活的生活感觉，语言的活灵活现，对事物喜剧性的敏感，更重要的是，这新老两段相声都具有各自鲜明的时代气息和特征，以及自身鲜明的立场。前者是想唤起人们对他人"困境"的关切，用各种令人捧腹的笑料颂扬一种扶危济困的美德。后者则是在一连串荒诞不经的戏谑中批评各种亟须纠正的时弊，在爱憎分明中弘扬一种正能量。歌颂真善美是一种正能量，批评假恶丑也是一种正能量。批评是为了扬清排浊，也是自信的一种有力体现。

在城市文化中，相声是一种具有广泛公众基础的大众艺术，是老百姓酷爱的快乐文化。特别是在北方城市，它由早期的街头集市，渐入剧场，畅行不衰。其缘由是这种艺术来自日常生活，来自身边，却凭仗艺术家智慧的发现和机智的表现，亦褒亦贬，巧言妙语，寓教于乐。有人怀疑在电子传播所向披靡的时代，手机段子满天飞，相声的前途会走向下坡。其实上坡下坡，关键全在相声本身。

三十多年来的央视春节联欢晚会便是一例。在这个十几亿观众共享一台的晚会上，相声不是成了一个不可或缺的支柱？多少一炮打响的春晚相声已经成为相声史上的经典，老《虎口遐想》便是其一。

当然，春晚相声是极具挑战性甚至极具风险性的。成功了，响彻千家万户；哑火了，反倒万籁无声。这是因为春晚相声有个最大的难点：一次不成，无法再改，不像剧场相声可以反复打磨，成败皆此一举。

《新虎口遐想》却禁得起这样的挑战。这是因为姜昆对生活的热情犹然，责任故我，敬业依旧。因此他敢于向当代生活的"虎口"挑战，再次激活了相声的批评价值，再次获得了他的听众——特别是新一代的年轻听众，并使我们感受到相声大道宽广又光明。

值得关注的是，姜昆这次给我们提供了一个全新的相声文本。老《虎口遐想》的文本追求的是一个完整的故事，《新虎口遐想》的文本则是散文化、全信息和大视野的，用词用语全都带着当下"时代的光鲜"。如果说老《虎口遐想》是一个夸张的喜剧，那现在这个《新虎口遐想》则带着人们喜闻乐见的黑色幽默。应该说，从"老虎口"跳进"新虎口"，是相声艺术领域中一个十分出色的时代创新。

　　艺术家完成的任何作品都属于过去，但它的意义却属于未来。因此，有必要将关于新老两个《虎口遐想》的文本、评论以及相关资料整理成一本书，一份档案，以便深入研究，从中获得有益的认知，以推进相声更积极顺畅地走入生活和走进时代。

　　是为序言。

2017 年 6 月 9 日

一个相声传奇的档案

梁左给我拿来了他的手稿《虎口余生》。多好的喜剧小说，把我给看哭了！我太激动了，我特敏感地意识到我人生道路上又一位相助的贵人出现了……

姜昆回想

　　从 20 世纪 80 年代至今，姜昆总有相声精品问世。他是中国相声界的一杆大旗，也是全世界十几亿华人观众心中的"欢喜虫"。

虎口遐想三十年

○姜 昆

艺术,我打小就"拳打脚踢"地酷爱。那时候,我忙活着哪:演话剧、朗诵、吹笛子、打扬琴、拉手风琴、跳舞、唱歌,学校里演出六个节目,我能上四回台,弄得在学校里当老师的爸爸看着我直糊涂,他说:"你算干吗的?"

可是直到说上相声以前,总感到没有出头之日。我总结经验:不是我不行,是我没遇见贵人。

我有贵人相助的艺术人生,是从与师胜杰一起合作说相声开始的。打那时起,人生命运的天平就没平过,一直往我这边倾斜着。马季选我进了北京,李文华屈尊与我合作,央视春节联欢晚会挑我当了个"始作俑者",唐杰忠接班李文华……反正,特顺。但是1986年,一件事发生了,这件事不只是上天对我人生命运的眷顾,更是老天爷"护犊子"般地对我偏心眼儿,就是疼我。应了相声《虎口遐想》那句话:你说攀登珠穆朗玛峰,后边儿跟一大老虎,是不是是个人就上得去啊?

那一年,我认识了大作家谌容。她的《人到中年》把多少老年的、青年的读者看得痛哭流涕。可是,谌容老师对我说:"我还有能逗得你死去活来的小说呢!"于是,我读了她的《减去十岁》。嘿,那绝对是篇相声结构的

姜昆回想

小说。

《减去十岁》写的是一个"小道消息"：听说中国年龄研究会经过两年的调查研究，又开了三个月的专业会议，起草了一个文件："'文革'十年所耽误的时间应该减去，所有的人年龄减十岁。""文件已经送上去了，马上就要批下来了。"年龄能减去吗？时间能倒流吗？听者竟不管什么荒唐不荒唐，怪诞不怪诞，消息像旋风似的卷了起来，人们奔走相告，欣喜若狂，不同身份和不同年龄的人物，为能"减去十岁"激起了不同的愿望。当然，也有人心里特不是滋味。您想，"文革"十年捞了不少东西的，或者刚爬上去的和马上要退休的，能一个想法吗？这结构绝了，没听详细内容就可乐。

我去谌容老师家，是和陈佩斯一起去的，我们准备相约一起向大作家取取经，谈谈喜剧，接受指导，争取捞点儿"干货"回来搞创作。也别说，听说我们两个要过来，这在他们家成了件大事。谌容的两个儿子早早就到妈妈家等我们了。从打一进门，我和陈佩斯想与大作家"取经交流"的伟大计划就泡汤了。因为在基层单位工会搞宣传的小儿子太喜欢陈佩斯了，他努力地与陈佩斯交谈，介绍他全部的表演技能和伟大的喜剧抱负，三个小时几乎没停嘴，弄得最不愿意搞关系的陈佩斯终于碍着谌容老师的面子答应，怎么着也得给这位小儿子在他的电影里找个"群众甲""群众乙"演演。而我，早就让谌容的大儿子揪到一边劝我："我妈那小说不是相声，她那个太文学，离胡同太远，你得听我的小说，我有写专门研究耗子的，有老太太娶小伙子的，有掉老虎洞里和老虎聊天的……"把我都听晕了！我们在谌容老师家里的三个小时，这位妈妈没说上几句话，全被她的儿子们抢占了"高地"。

但是，这三个小时，我和陈佩斯却都成了大赢家。陈佩斯带走了一个未来的喜剧明星——梁天，而我得到了一个以后为全中国人民制造了那么多欢笑的合作者——梁左。

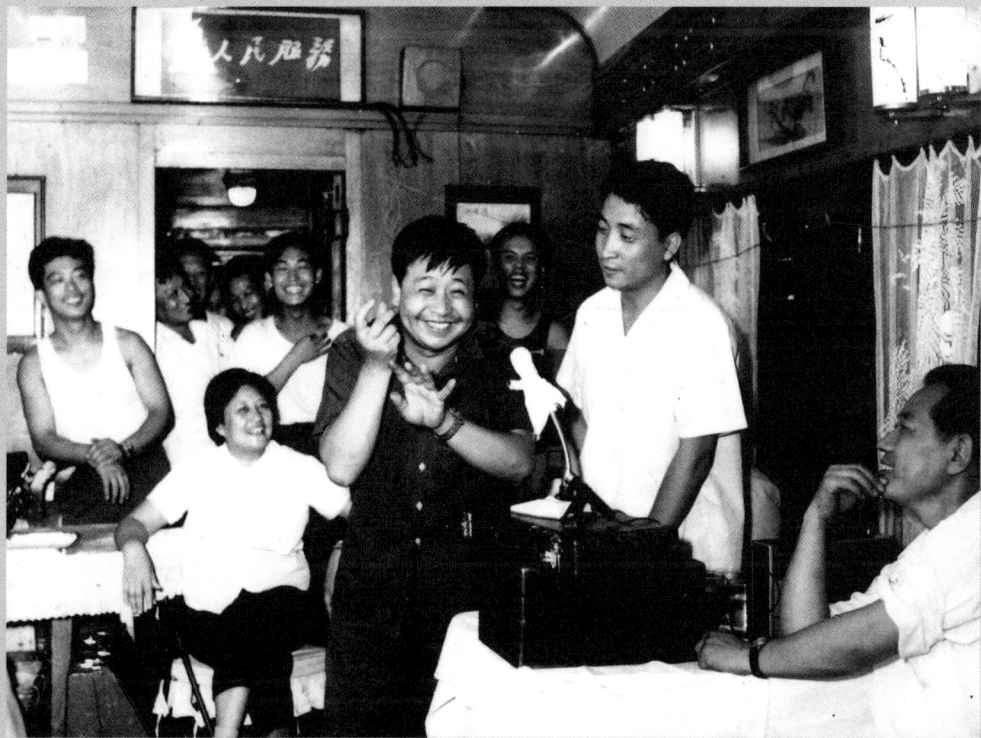

列车的车厢是相声演员最接地气的舞台。马季与姜昆,摄于1977年去内蒙古参加自治区成立30周年大庆慰问途中。

姜昆与陈佩斯,摄于 1986 年。

第二天,梁左给我拿来了他的手稿《虎口余生》。多好的喜剧小说,把我给看哭了!

我太激动了,我特敏感地意识到我人生道路上又一位相助的贵人出现了。我一边反复读他的小说,一边在心底唱"呼儿嗨哟……"

我曾经读过老舍的讽刺小说《取钱》。老舍讽刺中国银行职员那慵懒拖沓的作风,一开头就是:"我告诉你,二哥,中国人是伟大的。就拿银行说吧,二哥,中国最小的银行也比外国的好,不冤你。你看,二哥,昨儿个我还在银行里睡了一大觉。这个我告诉你,二哥,在外国银行里就做不到。"写到外国银行效率高,他说:"我反倒愣住了,好像忘了点什么。对了,我并没忘了什么,是奇怪洋鬼子干事——况且是堂堂的大银行——为什么这样快?赶丧哪?真他妈的!"

我闭上眼睛念叨:"异曲同工呀!"

一位评论家说过这样一段耐人寻味的话:"中国人的生活太艰苦又太安逸了,太有秩序又太松弛了,太超然又太沉闷了,太严肃又太滑稽了,应该产生一批像王蒙、谌容这样的幽默作家。"梁左应该就是在这个背景下产生的。但他不是王蒙,不是谌容,也不是老舍,他就是他自己。

那时候我每天非常忙碌,毕竟当了说唱团的第五任团长,是我一天到晚都找不着北的时期。但是俗话说,老天爷饿不死瞎家雀儿。正赶上团里到广州演出,坐火车,不是现在的高铁,是见到大一点儿的车站就停的那种。北京到广州,两天三夜!这老天爷偏心眼儿是偏到家了。我晓行夜不休,除了餐车和厕所哪儿也不去(当然,也没地方去),在没有任何闲杂事务的干扰下,一气呵成,在硬板卧铺上,愣是在巴掌大的小记录本上改编完成了相声,还改了个名字——《虎口遐想》。

利用在广州演出的间隙,我和唐杰忠老师进行了排练。当我们把词儿背熟了,演出队伍已经转战到了湖北武汉。

我的《虎口遐想》处女秀是给湖北省党校学习班的学员和一部分部队战士演的。在一个体育馆里，一部分观众坐在地上，一部分观众坐在观众席上，人不少。但是，我在这里接受了一通"精神拷打"——观众们当真事听了。从我掉进老虎洞的那一刹那，几乎每个人的神经都紧张起来，眼巴巴地瞪着我。那架势，只要当时有个人大喊一声"共产党员跟我来"，现场所有的人，也不管是不是党员，就会一拥而上地把我从演出现场抬走！我的妈哟，甭说观众不乐，那个氛围，连我都不敢乐了。声嘶力竭地演完，掌声还行，不是因为我的相声可乐，是因为我利用"女同志的裙带子和男同志的皮带结成的绳子"爬上来，老虎没吃我，他们为我的"绝处逢生"而感到庆幸。

"你太使劲了，连我听着都害怕！"这是唐杰忠老师给我的评语。

相声好不好，标准只有一个——现场观众乐不乐，认可不认可。光乐了，不认可你的内容，不行；内容主题不错，不可乐，更不行。连马季老师这样的大家，写了那么多段相声的作者，他都说：多棒的、多有经验的演员和作者，也不能保证自己写的包袱准响。响不响，都得在"台上撞"，让实践说话。

晚上，我和梁左通了一个电话。

"今天首场，咱们这段相声把我'撞晕了'！"我说。

"是不是特别火？"

没见过这么大松心的！

"什么呀，效果不行！"

"不可能！"梁左不信。

"真的，我也不信，但是效果特差。唐老师说我把劲头使过了，人家当真事听了！"

"你等等，得多想想，老革命遇见新问题了！"

我也不知道他说的"老革命"是谁，我、他、唐杰忠……我和他讲了多

有本事的相声表演艺术家也得"台上撞"的相声包袱规则之后，他说："我低估了相声，它和小说不一样……"

回到北京，我和梁左一连几个夜晚都没有睡觉，我一点儿一点儿地找放松的感觉，去表演，"演"一个小学徒工，"演"一个有文化、有抱负、就是没有机会的小青年，"演"一个就像梁天见着陈佩斯那样愿意滔滔不绝表现自己的时代青年。

终于，在首都体育馆的大场地，面对近万名观众，《虎口遐想》登台了！梁左选了个看得最清楚的地方——主席台第一排正中间的座位——平常大型国际活动国家主席坐的那个位置。相声还没开演，他自己已经乐半天了，因为他从来没坐过那么显耀的位置。

我那天特放松，当时想，别的不说，一定先把梁左逗乐喽！因为我认定了这个有知识、有幽默感的合作者。大概他也和我心有灵犀一点通，居然在我表演相声的时候，把两只手掌放在脑袋上边，呼呼扇扇地做耳朵扇动状逗我。

演出效果山崩地裂，人们笑得死去活来！梁左乐呵呵地跑过来向我祝贺，我问他："你跟我做什么怪相？影响我演出！"他说："我不知道你看得见我不，想告诉你我在什么地方。"

《虎口遐想》成功了。它在题材构思、人物塑造、语言组合、表达方式、包袱结构上都表现了一种冲破传统手法的创新观念。尤其是在相声业内的影响非同一般。几乎所有的人都有一个从惊讶到欣赏，从质疑到感悟的递进式的思考过程。"没有主题思想""不知道要表达什么""观众从中得到什么教益"这些传统论调，几乎瞬间就湮没在了大家对《虎口遐想》这段相声的手法新颖、语言清新、带有西方"灾难体"题材特点的赞扬声中。

紧接着，我和梁左在一起有点儿搂不住了，呼呼啦啦合作了一系列作品：《电梯奇遇》《着急》《特大新闻》《是我不是我》《自我选择》。过去，《如此

照相》《诗、歌与爱情》《我与乘客》《北海游》《想入非非》,这些相声作品都是我一个人写的。自打认识梁左以后,我就彻底失去了"独立作战"的能力,不和梁左商量,我绝不提笔写相声。

记者采访我, 我介绍梁左:"我认为他的作品最大的特点就是融戏谑于文学之中。他在北大中文系学的是文学专业,有文学功底;他在北京语言学院当过汉语讲师,又有语言学的知识;他在京郊农村插过队,在中央机关当过干部,有比较丰富的生活阅历;我们结识前他就创作了大量的小说和文学作品,又有扎实的创作基础;他结婚后和爱人、孩子住在北京的一个大杂院里,熟悉百姓的生活和语言。最重要的是,他有幽默感。这些东西结合起来,形成了他的一种独特的创作风格。他的作品是文学和民俗学的合成,应该说是雅俗共赏。他的笔下都是些生活中的小事,但他是用显微镜去看生活中的这些小事,看出这些小事里面蕴含着的人生意味来。荒诞中又有合理,嬉笑中不乏理智。"

作家刘震云则说:"从梁左的作品里可以看出他非常懂中国幽默。他能将一件非常沉痛的事情用幽默和玩笑的口气说出来, 让你笑了以后心里又有些难受。因为在这个时候笑就不仅仅是笑了,笑的背后还藏着悲痛和眼泪,我觉得这是幽默的最高境界,这些东西在他设计的情节里比比皆是。他的作品里既有日常生活的情趣性,同时情趣之中又有刀子,一刀刀扎下去又很准确,可以说是锥锥见血。他把中国人在日常生活中司空见惯并忽略了的病灶和病态一笔笔地都挑了出来, 甚至玩笑和玩弄得近似刻薄。于是,这个时候,一个严肃和沉默的梁左站在了我们的面前。"

而更多的人认为,梁左首先是站在一个平民的立场上,这种平民的立场表现在讲的故事基本上都是平民老百姓的故事或旧社会的市井故事,大家对此都特别感兴趣。但如果只是把这些故事原封不动地说出来,大家上街随便去看街景就行了, 可梁左的创作却在写平民百姓生活的时候加

进了很多知识分子的文化元素，正是这种文化元素使这些司空见惯的平民生活得到了升华，这就是这些作品得到所有的人喜爱的根本原因。

其实，大家伙儿不知道梁左打小就有"开政治玩笑"的毛病。上大学的时候，当他要和同学交好，与人家套近乎，他就管人家叫"革同"，革命同志的简称；他和谁不对付的时候，他就管人家叫"阶敌"，阶级敌人的简称。所以在他的嘴里经常有这样不伦不类的话语："李革同，你要是不听梁革同的忠告，一意孤行，我不吓唬你，那你就和张阶敌一块儿上独木桥，我们坐独木舟！"

他还告诉我，他曾经给一个脸比较宽的女生起名叫"彩色宽银幕"，后来因为名字太长，没有叫起来。

就是这么一个优秀的、中国百年不遇、几百年才兴许有一个一个半个的喜剧大家，在他四十四岁的时候，悄悄地告别人世，自己先过去了，提前到了我们都会去的那个地方。

这些年，我一直在琢磨梁左。三年前，他的女儿梁青儿想写一本书，叫《我的陌生父亲》。我给小侄女写道："按说我应该是他最亲密的朋友之一，但是我和他在一起的那些年，万万不会预料到，他平常那些戏谑和开涮的语言居然全演变成了今天的网络语言和时髦的体例。有时候猛然发现，现在的一些流行语居然是梁左十几年前的老话儿。这一下子让我感到与梁左陌生起来……他怎么有能让十几年后的人们说出他十几年前的话的能力和本领？他是什么人？他有怎样的内心？"我期待着梁青儿对梁左的找寻，能回答我这些年来萦绕在心头的迷惑。

这个时候，我的女儿也从海外游学归来，回到我的身边。她对娱乐管理有所偏好。她和我说："你每天演出，零打碎敲，应景之作，命题作文，一天到晚忙得不可开交，可回过头来一看，一无所有。你过去有那么多好作品，你不应该这样。你应该有一场属于你自己的'秀'——专场！要不，浑浑噩

梁左与姜昆夫妇,摄于 1990 年。

噩,你这辈子就完了,什么都不是!"

只有亲生女儿能够这样数落"著名相声表演艺术家"呀!

我接受了"秀"的概念,女儿和我一起研究怎么创作专场"秀"。

大型相声秀《姜昆说相声》诞生了。它由《我和李文华说相声》《我和唐杰忠说相声》《我和80后、90后说相声》《世纪颂歌》四个部分组成。其中第三部分,我们就定下来要重新演绎《虎口遐想》这个经典作品。

一个是三十年前的《虎口遐想》,一个是三十年后的《新虎口遐想》。

三十年前,正统的太多,社会呼唤娱乐精神,无厘头大受欢迎,《虎口遐想》应运而生。

可今天,正儿八经的相声不行了,现在的相声已经被大量的无厘头喜剧、小品,甚至活报剧的形式取代了。高速发展的社会,坐在观众席里的大部分是蓝领、白领,他们每天的压力太大,他们需要在这里放松,他们不愿意在业余时间里还玩命地"动脑筋"。歌曲《时间都去哪儿了》、神曲《感觉身体被掏空》都是现实生活的写照。现在,娱乐产品的消费者正在用情节虚构的电影,虚假误会情节的外壳加生硬煽情的小品,以打闹、嬉戏、出丑、搞笑吸引眼球的真人秀等娱乐产品来填补身体里被掏空的那部分。更让人不解的是,我们的主流媒体对这些也趋之若鹜。春节联欢晚会为了迎合年轻人而努力地改革,尽量"新",不能"老"。努力的成果是:老的全不顾,走了;新的没拢住,没来。我们的快乐不能依赖于对现实的遗忘呀。搞笑的人,从卓别林那儿就没有离开过生活呀!我们相声不能在娱乐成为一种文化精神的时候失去自我呀!

话题有点儿远,但是我确实是一遍一遍地在想,我忽然有了一种感觉,新的《虎口遐想》应该有一种回归,要拿起过去创作的笔,找一种回家的感觉。

过去《虎口遐想》里的内容,现在有相当一部分人已经听不懂了。三十

年前的生活符号,早已经随着岁月消失在流逝的光阴里。

过去,"拍个老虎吃人的片子卖给外国人赚点儿外汇,也算哥们儿临死以前为'七五'计划做点儿贡献"。现在,中国外汇储备多得能把美国人急得直嘬牙花子:中国人这是干吗呀?把美国买空喽,让我们到北上广打工去?

过去,"动物园附近怎么连公用电话都没有,这要是第三次世界大战打起来,我们这通信设备应付得了吗?"现在,恐怕所有的人都忘了,公用电话长什么样啊?为什么不用手机呀?

过去、过去、过去,现在、现在、现在……

写相声就得去讽刺。一动脑子,现在,公共道德的缺失、网络经济的无孔不入、移动互联网挤占生活空间、食品安全问题、环境污染、腐败风气,这些现实素材与大数据时代的社会符号混杂在一起,一下子冲到了我与合作创作者的眼前。

一个多月,我和助手秦教授把稿子写出来了!

对于我这样的"老同志",写得痛快,有点儿无拘无束;排起来也顺利,毕竟三十年前的人物形象还深深地刻在脑海里。可是,一在舞台上立起来,演出效果一好,大家一呼"过瘾",相当一部分观众不但笑,还引起了沉思,流出了眼泪,倒让我"私心杂念"剧增,"狠斗私字一闪念""灵魂深处闹革命"的那股劲儿不知道从哪儿出现了。我居然有点儿怕给我们"四十年改革开放的大好形势"抹黑了。

头几场演出,我认真地听取了来自各方面的反映。

网友"杏林中人"在网上以"和同龄人说说今晚看姜昆相声的感受"为题写道:"很久没这么开心了!今晚看了姜昆的相声表演,以前那种看相声时的快乐、激动、兴奋的感觉又回来了。曾几何时,相声作为主要的文化娱乐形式流行一时,我们的童年、少年、青年时代都是伴随着相声长大的,侯

　　梁左和姜昆等人创作了中国第一部相声剧《明春曲》，姜昆与赵世忠表演其中的第一幕相声《富贵论》，摄于 1997 年。

宝林、马季、姜昆等人的相声曾经带给了我们很多很多的快乐。可改革开放以后,文艺界百花齐放,相声作为一种传统的艺术形式,由于缺乏创新,表演形式过于单调,所以渐渐地被湮没在这百花齐放的花丛之中,影响力越来越小,以至于现在有些年轻人都不知道相声是什么,而我自己也已经很久没有看相声了,怕看了以后不但得不到想象中的快乐,而且还会影响相声存留在我脑海中的美好形象。可今天看了姜昆的表演后,它让我觉得这种担心是多余的,让我重新燃起了对相声的热爱,感觉好像重新和初恋情人谈了一回恋爱,而且现在的这位初恋情人比当年更年轻、更妩媚、更动人。我觉得把今天姜昆对相声形式的改变形容成相声界的一次革命一点儿也不为过。这种利用大屏幕作为场景、铺垫和桥梁的新型表演形式有情有景、简单直白、转切迅速,有怀旧更有创新。由于编排构思新颖巧妙,所以怀旧不显得枯燥,同时创新中也还能找到旧时的影子,《虎口遐想》以全新的面貌呈现,又回来了。总之,看了今天的表演我笑了,笑得是那么的开心。而且据我所知,今天每个看表演的人都有和我同样的感受。我觉得相声重新变得好看了!虽然今天的文艺界依然是百花盛开,但姜昆的新相声无疑是百花丛中非常华丽亮眼的那一朵。希望我们以后还能继续在这种新相声中延续以前看相声时的快乐、激动和兴奋,让相声带给我们的美好能够真真切切地伴随我们度过人生的每一个阶段。"这是一位医生,同时也是一位海外游子的反馈。

"一段《新虎口遐想》,让我数度落泪,让我感到我老了,我觉得昨天的事,姜昆告诉我已经过去三十年了!时光好快呀,我身边一排四十岁以上的观众都和我一样,时而扑哧一笑,时而泪眼婆娑。我们从姜昆的相声里去回忆,去追寻,去试图留住那难忘的,却又一去不复返的美好记忆。在漫长的人生岁月里,大浪淘尽了许多记忆,但是,在我们这一代人心中,在我们曲折而不易的人生旅途上,相声《虎口遐想》是一个永远也忘却不了的欢乐。"这是一位资深幽默人士写下的感想。

影视演员袁茵跟我说："昆哥，你看过英国电视剧《黑镜》吗？其中有一集写英国社会的冷漠，讲现实中的多媒体如何造成和影响了网民社会伦理道德的缺失。网络社交平台上的红人、英国公主苏珊娜被绑架，绑匪的要求居然是首相必须在当天下午四点和一头猪做爱，并现场直播给全世界，否则公主就将被杀害。由于网络社交平台上的广泛传播，公众很快就知晓了一切。虽然政府下了禁止媒体报道的命令，但精明的媒体还是通过贿赂色诱内阁官员推出了这一突发新闻。另一方面，首相办公室策划找人代替首相，却被一名现场工作人员在网上发布消息给搅黄。全社会都在看笑话，媒体都在想办法得到直播权。最后公众也发现自己所围观的笑话其实更像一场悲剧。出乎意料的是，在首相被直播前半小时公主已经被释放了，而当时大家都在围观首相的笑话，居然无人发现——绑匪已经上吊自杀了。太讽刺了！当你的《新虎口遐想》第一句'三十年后，我又掉下去了，来的人不少，我看，怎么没人解皮带呀？全拿手机给我拍照呢'一出来，我就想到了英国这个作品的情节。人类社会的发展一定要呼唤人们本性的回归，不能让现代技术吞噬了传统理念……"她听了我一句，说了这么多。

2015年，央视春节联欢晚会希望看一下我这个已经演了几十场的《新虎口遐想》，我拒绝了。我有点儿矛盾，我当时对媒体有点儿失去信心，也怕他们审查，让我改掉我一点点积累的，在《新虎口遐想》里反映的社会现实：年轻人不敢救老头儿，媒体现场直播搞有奖问答，自媒体娱乐至上，"专家"不负责任地盲目指导，食品安全感差，动物园园长被双规……我才不干呢！

三十年前的《虎口遐想》是从现实到浪漫，三十年后的《新虎口遐想》却从浪漫回到了现实。这不是我们的刻意，而是生活的逻辑……

2016年年底,央视春节联欢晚会又一次邀请了我。我看到前一年相声在这块阵地上的"大崩盘",想到几十场观众对我的希望,我听从了很多人的劝告,毅然决然地走上了三十年前曾经给观众演绎过在老虎洞里如何"遐想"的舞台。所幸的是,这个特殊舞台和亿万观众依然热情地拥抱并肯定了我们的努力。我想,这与其说是命运对我始终执着于相声艺术的一份回馈,莫若说是时代和人心对真正优秀的相声节目的又一次回应与确证!

2017 年 6 月 26 日

上报纸顶多两句话:"一青工游园不慎落入虎口丧生,有关部门提请游人注意安全。"您听听,连名字都不给我登,我整个儿反面典型!

经典回顾

姜昆与唐杰忠在 1987 年央视春节联欢晚会上表演相声《虎口遐想》。

相声《虎口遐想》

○姜 昆 梁 左

姜昆 唐先生,您看刚才呀,这葛存壮唱完戏怎么一瘸一拐就下去了?①

唐杰忠 你没看见吗,他在舞台上摔了个跟头,把脚崴了。

姜 摔跟头啦?

唐 哎。

姜 不过他摔这跟头这姿势没我前些日子摔那跟头漂亮。

唐 你? 你怎么摔的?

姜 我呀,我那跟头不说摔出点儿国际水平,基本上摔向了世界先进行列。

唐 嚯,哎呀,那也太悬了!

姜 我摔那个地方悬!

唐 什么地方?

姜 咱们北京动物园狮虎山。星期天,自己没事趴那儿看老虎玩儿,正看着带劲儿呢,不知哪位缺德,一边儿往前挤一边儿起哄:"老虎出山喽!"啪,把我从边儿上给我挤下去了!

---

① 这里指 1987 年央视春节联欢晚会上,李光、葛存壮表演的京剧唱段《金钟响》。

唐　哎哟,摔坏了吧?

姜　什么?

唐　摔坏了没有?

姜　你摔坏了哪儿都不怕,摔折胳膊摔断腿,咱医院里接巴接巴照样使唤哪。他摔这地方不灵,不是人待的地方啊!

唐　哦,掉老虎洞里了!

姜　我抬头一看,不远前就趴着一只大老虎,吓得我这声音都变了:"哎哟……妈……"

唐　你怎么管老虎叫妈啦?

姜　叫妈? 叫奶奶也不行啦! 玩儿完了。大小伙子一百二十多斤,连骨头带肉正好老虎一顿中午饭哪。

唐　你呀,你可千万别着急,慢慢儿想办法。

姜　脑袋都大了! 当时偷偷瞟老虎一眼,还真不错——

唐　老虎没看见你?

姜　正跟我交流感情呢!

唐　啊? 瞪你哪!

姜　这老虎一瞪我,我脑子激灵一下,"噜噜噜噜",涌现出许多英雄形象!

唐　嘿,还英雄形象呢。

姜　我抬头一看,这上边儿好些人看着我哪,咱们是时代青年,当这么多人掉在老虎嘴边儿上,不能给青年人丢脸! 过去你们听那京戏《武松打虎》好不好?

唐　好哇!

姜　好啊,那是假的! 今天哥们儿在这儿练真的! 实打实让你们诸位开开眼!

唐　哦,要打虎? 你还真行。

姜　行什么？

唐　想得不错。

姜　想得是不错,腿可得站得起来啊!

唐　腿都软了!

姜　当时我是这么考虑。

唐　你考虑什么？

姜　咱们都进行过法制教育,有个《动物保护法》你知道吗？

唐　知道。

姜　谁打死老虎判刑两年哪!

唐　你这法制观念还挺强。

姜　你说谁定的这个法？合着我打老虎犯法,老虎吃我白吃？

唐　你就不懂了,那人家是为了保护野生动物的。

姜　妇女儿童你保护,野生动物胡厉害的,保护它干什么呀？

唐　那也要保护。

姜　我这儿正乱琢磨着呢,上边儿可乱了。这个喊:"来人哪,快救人哪!有人掉老虎洞里啦!"还有人给我打气儿:"哎,哥们儿挺住!"我一听:"什么？挺住？这儿什么地方!我挺得住吗？你们真是站着说话不腰疼,你们下来挺一个我看看!"

唐　嗳,人家不是为你着急吗？

姜　那也不能那么乱哪!有个老大爷跟我喊:"孩子,打虎得有个家伙儿,来,把我这拐棍儿扔给你!"有个大嫂跟我叫:"兄弟,要刀吗？大嫂这儿有水果刀儿!"

唐　嘿,你瞧这两件武器!

姜　这个出主意说往里扔砖头让我踩着往上爬,那个出主意说扔一根儿烟,让我抽一口先提提精神。有一个老大娘心眼儿真不错,心地善良,

眼泪都出来了,趴在边儿上跟我喊:"孩子,给你一支钢笔,有什么话先写下来!"

唐　哎呀,这位老大娘真有点儿意思。

姜　您听听这通乱! 也没人出来组织组织,哪么先成立个"虎口临时救人小组"呢!

唐　那哪儿来得及呀!

姜　那扔这水果刀儿、拐棍儿管用吗?

唐　这两件武器打虎是差点儿。

姜　老虎那儿正犯懒呢,我干什么呀,我拿拐棍儿捅老虎?

唐　别价,那非把老虎捅精神了不可。

姜　再说上边儿这老头儿,你什么眼神儿,你看你拐棍儿扔这地方,正扔老虎屁股后头! 我一够,我再揪老虎尾巴上!

唐　哎哟,你可千万别乱动啦!

姜　思来想去,不能乱动。应了老太太那句话了,趁着头脑还清醒,我先留下几句话吧。

唐　怎么,真要写呀!

姜　我也老大不小了。

唐　时代青年哪。

姜　这算卦的说我二十八岁就是今年我有场大难,头些日子过完了生日了,我自己还美呢。

唐　大难躲过去啦。

姜　今儿一琢磨呀,人家大概是按阴历给我算的。

唐　得,好嘛,阴错阳差了。

姜　这叫躲得了初一,躲不了十五。要说留几句话,我就埋怨我妈。

唐　这碍你妈什么事?

姜　您瞧生我这个儿,旁边儿你们看着我挺高的,拿皮尺一量,一米六五。

唐　一米六五,凑合啦!

姜　你和我凑合了,搞对象的姑娘都不和我凑合,一搞对象嫌我个儿太小。你说但凡我有个对象的话,我能星期天一人没事跑这儿看老虎玩儿来吗?

唐　那怎么不能来啊?

姜　怎么不能? 你让搞对象的小伙子你们说说,你们搞对象,你们到了星期天,谁不上丈母娘家干活儿去?

唐　是这样吗?

姜　是这样吗? 我跟你讲,我们家老二自从人搞对象起,人家丈母娘家就再也不雇保姆啦!

唐　那这么说,你就愿意当这保姆?

姜　当保姆干活儿累点儿,没生命危险哪! 碰不上大老虎啊! 咱们干完活儿还可以谈恋爱去嘛。谈恋爱逛公园,有逛动物园的吗? 公园什么样? 花前月下,你在那儿你谈什么,它够味儿啊。你闻闻动物园什么味儿? 你闻闻,腥臊恶臭,你就这个味儿,你谈什么它影响情绪呀!

唐　姜昆,合着你掉老虎洞里,就因为没有对象?

姜　没对象你也不要紧,你把个儿长高点儿。我长一大高个儿,我什么都看得清楚,我往前挤什么呀! 这回倒好,我看得真清楚,我连老虎几根胡子都看清楚了!

唐　哎,是有意思,我说,你这机会可真难得啊。

姜　给你争取一回?

唐　我可不去!

姜　你说一说留几句话就埋怨我妈,咱们不招老人不待见,我不说了。

唐　你给单位留几句。

姜　怎么说呀？各位领导、各位师傅，星期天出来玩儿，没留神让老虎给吃了……

唐　这实际情况啊。

姜　都怪我，组织性、纪律性不强，自由散漫，对老虎吃我这后果估计不足。

唐　没法估计。

姜　我都死了我还检查什么呀？算了，死了就死了吧，反正老子从小到大还没死过一回呢……

唐　啊？活着的人都没死过呀！

姜　这回咱们跟领导说话咱们硬气点儿！咱跟他说，抚恤金你爱给多少给多少。咱也不坑你也不讹你。工伤是算不上了，顶多落一个"自然死亡"。

唐　我看哪，也就落到这儿了。

姜　大小伙子你怎么完不好，非让老虎给吃了，估计什么也追认不上了……

唐　没法追认你。

姜　我正瞎琢磨到这儿，上边儿大家伙儿可都给我出主意。这个说："哎，小伙子，老虎挺老实的，容我们想想办法！再等会儿啊！"那个说："哎，有人给你找动物园的管理员去啦！"还有个年轻人，在外边儿出主意："来来来，大家伙儿跟我喊口号，争取把老虎给吓住了啊。一二三，打老虎！一二三，打老虎！"

唐　这管用吗？

姜　把我给吓坏了！"别喊了，别喊了！你们打算把老虎吵醒了呀！你们要喊口号我来嘛，我离着近，它听得清楚啊。真是的，一……一二三四五，上山打老虎，老虎不吃饭，专吃大坏蛋！"

唐　好嘛，怎么儿歌都出来啦？

姜 "哎，上边儿的！喊口号不管用，老虎听不懂！哎，你们真有英雄精神的，你们下来几个！"

唐 什么？让人家下来？

姜 那怎么了？

唐 人家下来不也得喂了老虎啊？

姜 你们喂了老虎，那叫舍己救人哪！死得其所。到时候还给你登登报什么的。我死了算什么？喂了老虎，一点儿价值都没有！

唐 不不不，你死了也能上报纸。

姜 上报纸顶多两句话："一青工游园不慎落入虎口丧生，有关部门提请游人注意安全。"您听听，连名字都不给我登，我整个儿反面典型！

唐 你还想当正面的呢？

姜 怎么啦？

唐 你想了这么半天，一点儿管用的都没有！

姜 你别着急，你容我跟老虎商量商量。

唐 跟老虎还商量哪？

姜 "老虎，老虎，睡会儿行了嘿。你睁开眼睛你看看我，我挺瘦的，没肉！哎，你想吃的话，我们单位有一唐杰忠挺胖的！"

唐 啊！你老惦记我干什么呀！

姜 我就是逗它起来，咱们也不真送去嘛。

唐 你说这个人。

姜 "老虎，老虎你要是不咬我的话，我保证……我保证也不咬你！"

唐 这是实话。

姜 "你放我出去，我一定好好活着。咱们听领导的话，好好干工作。在家里咱们孝敬父母，尊重弟妹；出外咱们遵守交通规则，不随地吐痰！"

唐 嘻，你这都什么乱七八糟的！

姜　你别看乱七八糟的，你到我这时候，你不一定想得起来。

唐　哎哟，这个你还骄傲呢？你现在是想办法出去！

姜　想办法出去？你说得容易，这是什么地方？这是关老虎的地方！老虎都出不去，我出得去吗？你瞧瞧这围墙，三米多高，一点儿蹬头没有，当初怎么设计的？也不弄个电梯！"嗨！上边儿的，你们到底想什么……什么？给我找动物园的管理员去了！管理员礼拜天休息？他休息，老虎不休息呀！你们快打电话，你们报个警，什么110、119、火警、匪警都行！什么？找了半天附近没电话？"这动物园的领导多抠，也不安个电话！"算了，你们都走，你们都走，你们出动物园坐无轨，你们上电视台，到电视台叫个摄制组来，拍拍待会儿老虎怎么吃我！"

唐　哎呀，拍这个干吗用呀？

姜　拍个老虎吃人的片子卖给外国人赚点儿外汇，也算哥们儿临死以前为"七五"计划做点儿贡献。

唐　哎呀，看来你这觉悟还挺高啊！

姜　您说我这儿琢磨半天了，这老虎就光喘气它不睁眼。你动换动换，我跟你比画比画。它不动，我也不敢动！这老虎是不是退化了？

唐　这老虎啊不可能退化。

姜　你怎么知道的？

唐　人家动物园为了保持老虎的野性，经常往老虎洞里扔那个活鸡活兔。

姜　扔活鸡活兔干吗？

唐　训练老虎捕捉活食啊！尤其是礼拜天，他们还要饿老虎一顿……

姜　坏啦！今儿就是礼拜天！老虎还没吃饭哪！正好捕捉我这活食呀！

唐　全让他赶上啦！

姜　这个可恶的动物园，我死了以后我跟他们领导没完！

唐　对！让他们好好检查！下不为例。

姜　下不为例? 那哥们儿这回就算了? 老子大小是条性命, 我死了以后, 动物园园长撤职! 管理员检查! 扣发六个月奖金! 我正想到这儿, 突然, 上面传来了一声姑娘银铃般的声音:"哎! 大家伙儿快把皮带解下来, 拧成绳子把小伙子拽上来呀!"

唐　哎, 这个办法好!

姜　我一听, 眼泪都下来了! 这是多好的主意呀! 我抬头一看, 嚯, 一声号召, 三十多人在那儿解皮带呢! 哎哟, 这真是好风格呀! 你看这个姑娘, 穿着一个绿裙子, 正解一条黄裙带。这姑娘简直太漂亮了!

唐　啊? 都这个时候了, 你还有这个心思啊?

姜　不是, 我是说, 你说人家一个姑娘, 在这种关键的时刻, 挺身相救一个素不相识的人, 是不是说明这姑娘……对我有点儿意思?

唐　什么呀? 你呀, 你这邪劲儿太大了。

姜　哎, 你这是怎么说话呢? 那你说那个姑娘她周围站了那么多小伙子, 为什么她谁都不看, 她就趴边儿上光看我一个人?

唐　废话! 谁让你掉老虎洞里了! 她不看你她看谁呀?

姜　反正甭管怎么说, 估计从上往下看, 看不出个头儿大小来, 也许我的婚姻大事就此而成, 这叫因祸得福! 哎呀, 平常都是英雄救美人, 今天美人救英雄, 哈哈……

唐　别笑了! 都什么时候了, 你还有这个心思, 想搞对象?

姜　你瞪什么眼睛啊? 你怎么一点儿同情心都没有啊? 俗话说"君子动口不动手", 我一没动口, 二没动手, 我就活动活动心眼儿, 我都要死的人了, 你跟我较什么真儿呀!

唐　我还多嘴了, 得了, 你活动你的吧。

姜　说时迟, 那时快, 三十多根皮带拧成的绳子, 顺顺当当下来了。我抬头一看, 嚯, 三十多人提拉着裤子正看我呢! 这么多人看我, 不能给这么

多人丢脸。这只脚钩过老头儿的拐棍儿,这只手抄起大嫂给我的水果刀儿。这叫作明知山有虎,偏向虎山行!胸中有红日,脚下舞东风!敢与恶虎争高下,不向妖魔让寸分!悲愤化作回天力,打虎自有后来人!我一使劲儿,嘿!

唐　怎么样?

姜　我站起来了!

唐　你一直在底下坐着?

姜　你废话,腿那么软,不坐着我还趴着?

唐　你快爬呀!

姜　我一看,绳子就在我眼前,啪,一把攥住,"噌噌噌噌",几步来到了中间。俗话说狗急了能跳墙,人急了劲儿也不小!一步,两步,三步,四步,这叫带劲儿!哎,你说攀登珠穆朗玛峰,后边儿跟一大老虎,是不是是个人就上得去啊?

唐　你就是瞎说有能耐。

姜　回过头一看,老虎啊刚睁开一只眼,哎哟,这叫作胜利在望,哥们儿赢了!(唱)"啊朋友再见!啊朋友再见!啊朋友再见吧……"①再见吧,老虎,说什么也不上这儿来了!你一人在这儿饿着吧!看你一个人够孤单的,动物园领导也不关心你,别忙,等哥们儿出去帮你介绍一母老虎啊!

唐　嘻!还胡说呢你啊!

姜　上面一拽我,我一蹬腿,"噌"的一下,告诉你:我出来了!

唐　哦,你得救了。

姜　群众是一阵阵地欢呼,我是一个劲儿一个劲儿迷糊。

---

① 这里演唱的是南斯拉夫电影《桥》的插曲《啊,朋友,再见!》。

唐　这回吓得不轻。

姜　上来以后想起一个关键的问题!

唐　又想起什么问题来了?

姜　姑娘的裙带子在哪儿呢?

唐　还惦记那裙带子呢。

姜　嗬,在这儿呢。赶紧把它解下来,像捧花环一样捧到胸前。嗬,带着姑娘的体温,带着姑娘的芳香,带着……

唐　别闻了! 再闻还有汗味儿呢。

姜　甭管怎么说,争取走到姑娘面前,先给她来一个"金珠玛米亚咕嘟"! 我迤逦歪斜,奔姑娘而去。

唐　我说你着什么急呀?

姜　我还没对象呢,没法不着急!

唐　人家大家这么救你,你不先谢谢大家?

姜　我哆了哆嗦,我说得出话来吗?

唐　你先跟大家握握手啊!

姜　他们都不和我握。

唐　为什么?

姜　全都提着裤子呢!

唐　嗐!

031

经典回顾

（根据 1987 年央视春晚演出录像整理）

相声《新虎口遐想》

○姜　昆　秦向飞

主持人朱军[①]　亲爱的朋友们,在 1987 年春节联欢晚会的舞台上,著名的相声表演艺术家姜昆、唐杰忠一起为大家合说过一段相声,我想问问我们现场的朋友,有谁还记得那年他们合说的那段相声的名字是什么?

观众　《虎口遐想》!

朱军　都记着呀! 的确,《虎口遐想》堪称是春晚舞台上的经典呀! 时间过得真快,一晃三十年过去了,我突发奇想,三十年以后,咱们再欢迎姜昆在这个舞台上给大家说上一遍怎么样啊?

观众　好!

朱军　来吧!

戴志诚　朱军,你这主意真不错! 那朋友们,咱们让姜昆就再掉一回老虎洞怎么样?

姜昆　小戴小戴,不行啦!

---

① 2017 年央视春节联欢晚会上,主持人朱军在观众席与观众对话。

戴　怎么啦?

姜　三十年前的词儿,全都忘了。

戴　姜昆,你还别误会,没让你完全说三十年前那段。

姜　那让我说……

戴　说今天。今天,你又掉老虎洞里了,你能有什么新的遐想?

姜　小戴你缺德不缺德呀,这老虎洞哪能隔几年就掉一回?

戴　你不掉大伙儿听不着这段啊,想不想听啊?

观众　想!

戴　现在就开始,现在这就是动物园的狮虎山。朋友们,一会儿我起个头儿,大伙儿一欢呼,姜昆就算掉老虎洞里了。咱说来就来啊:"老虎出山喽!"(虎啸音效)

　　(观众欢呼。)

姜　真掉下去了? 三十年前我掉到老虎洞里,那时候女同志解裙带,男同志解皮带,他往上救我。

戴　往上拽你。

姜　这三十年后我又掉下去了,来的人不少,我看,怎么没人解皮带呀?

戴　今天人都干吗呢?

姜　全拿手机给我拍照呢!

戴　腾不出手来呀。姜昆,知道干吗给你照相吗? 发微信、朋友圈啊!

姜　是,还嚷哪:"哎! 姜昆姜昆,转过身来,摆个 Pose!"(边说边做动作)

戴　嘿,来个姿势。

姜　"噌"一下就发出去了(举手机做留言动作):"哥们儿哥们儿快看嘿,姜昆又掉老虎洞里了! 来,点个赞!"我掉老虎洞里,你点什么赞哪?

戴　点赞它现在时髦啊! 各位朋友,别光惦着点赞啊,赶紧给姜昆报个警啊!

姜　上边儿说啦:"我们报警啦!"

戴　那怎么没看见救援的来呀?

姜　"你掉这时候不对!"

戴　什么时候?

姜　"晚高峰!"

戴　好嘛,把这茬儿还给忘了!

姜　"车都在半道堵着哪!"

戴　过不来呀!

姜　"我说那小伙子,你身大力不亏,你下来,你救救我。"

戴　年轻人,你给想个办法。

姜　小伙子说:"姜大爷,我特别想救你,但你这岁数我怕我把你救上来你说我给你推下去的,我跟我爸爸说不清楚!"

戴　嘻!这年轻人怎么想法这么复杂呀!

姜　三十年前,我掉到老虎洞里头,我还跟上边儿说,我说你们坐公共汽车,去中央电视台,找记者来,找个记者拍拍老虎怎么吃我,拍个老虎吃人的片子卖给外国人赚点儿外汇,也算哥们儿临死以前为"七五"计划做点儿贡献。

戴　三十年前你还就这么说的。

姜　三十年过去了,现在不用叫记者,哎哟,没几分钟,呼呼啦啦全来啦!

戴　记者来得快呀!

姜　长枪短炮对准了我,问一个共同的问题,能把我鼻子给气歪了。

戴　问什么了?

姜　"来来来,姜昆同志,给全国人民拜个年!"

戴　这什么地方,让你给拜个年啊!我说各位记者朋友,你们见多识广,赶紧给姜昆想个办法啊!

姜　"我们想办法啦!"

戴　想出什么办法啦?

姜　"我们现场直播!"

戴　就这掉老虎洞也现场直播?

姜　灯也亮了,机器也对准了我,还有主持的:"各位朋友,各位朋友,时隔三十年以后,几分钟以前,姜昆又一次掉到了老虎洞里,这次姜昆能不能出来?他怎么样出来?他采取什么特殊的办法出来?我们大家进行'有奖问答',请大家扫我们左下方的二维码,猜中者有奖,奖金蛋、银蛋!"

戴　您瞧这份热闹劲儿的!

姜　那边儿,还有用手机自己直播的。

戴　还有自媒体。

姜　"请大家快进我的小房间,快进我的小房间,快看,姜昆又掉老虎洞里喽!这回可有的看……感谢刷屏!感谢刷屏!看,这就是姜昆,五米以外,这就是那老虎。大数据显示,这是一只年满两周岁的老虎,而且是一只母老虎,而且还是处在发情期和求偶期的母老虎。感谢刷屏!感谢刷屏!"

戴　这还挺客气。

姜　大家看,大家看,大数据显示,一般的情况下,这个母虎比公虎的攻击性要强,尤其这个时期的母老虎,极其凶狠,估计姜昆凶多吉少!我们拭目以待!感谢刷屏!感谢刷屏!"

戴　行了行了,您就别刷这屏了。我说各位记者朋友,你们赶紧得想个正经八百的办法啊!

姜　"我们又有新的办法啦!"

戴　想出什么新办法啊?

姜昆与戴志诚表演相声《新虎口遐想》,摄于 2015 年。

姜　"我们选了个明白人,进行现场指导。"

戴　哦,请个明白人进行现场指导?

姜　紧接着,传来了一个人振振有词的声音。

戴　听听明白人的。

姜　"姜昆这次掉到老虎洞属于突发事件。"

戴　肯定是突发的!

姜　"我们十几个明白人在一起在二十多条解救方案当中,选择了一条能将姜昆救出老虎洞的方法。"

戴　什么方法?

姜　"自救!"

戴　哎哟,我说您可真是明白人,您可不能光说两个字"自救",就得请您告诉姜昆,怎么样自救。

姜　"下面我们来指导一下,姜昆需要冷静地考虑,你面前是谁? 是一只老虎! 是一只什么样的老虎? 母老虎! 是什么样的母老虎? 是求偶期的母老虎! 所以现在, 需要姜昆根据实际情况, 模拟公虎向母虎发信号。"

戴　需要姜昆模拟公虎向母虎发信号,发什么信号?

姜　"发你跟老虎是同类,你姜昆不是人的信号!"

戴　这叫什么信号啊! 不是,明白人,这信号怎么个发法啊?

姜　"其实很简单,就需要姜昆现在轻轻地走到老虎身边儿,然后悄悄地咬一下老虎的脖子,然后转身就跑,然后……"

戴　不不不,您别然后啦,我说明白人,您刚才说的这办法不行! 姜昆,让你过去咬老虎脖子……

姜　这老虎在那儿趴着没动,我干吗呀? 我轻轻地走过去,我还悄悄地我咬人家一口? 老虎一回头,我这脖子正好在嘴边儿上,它就冲我乐我

经典回顾

也受不了啊！我这是什么信号？

戴　这不是老虎同类的信号吗？

姜　找死的信号！

戴　我看这差不多。我说明白人，刚才这个办法不可行。

姜　"如果姜昆认为这个办法不可行的话，我们就要外部施救。"

戴　对，还得靠外部。外部怎么个救法啊？

姜　"我们要动员群众，在上面瞅准目标往下应①绳子。"

戴　往下干什么？

姜　"应②绳子。"

戴　往下……哦，往下扔绳子。

姜　"应③绳子。"

戴　扔绳子干吗呀？

姜　"套！"

戴　套谁呀？

姜　"套上谁是谁！"

戴　嘿，好！哎呀，你别说，这主意还真不错！就你跟老虎在底下了，套着谁
　　你都算得救了。

姜　要是套上我了，我怎么上来呀？

戴　那不就拽吗？

姜　提溜着我，我还活得了吗？什么呀这是！（拍大腿动作）我一摸我这儿，
　　我这儿也有手机呀！我用他们的干什么？

戴　你自己求救！

姜　哎，你说平常没事的时候啊，你说这手机，骚扰电话、诈骗电话一个接

①②③　应为"扔"，此处为表现方言特点念应。

一个,这关键时刻,没信号了!"上边儿的,有 WiFi 没有? 给个密码!"

戴　光要密码能救你出去吗?

姜　"找他们动物园园长要去呀!"

戴　对,找找园长。

姜　"什么? 动物园园长昨天晚上让检察机关带走了?"

戴　给抓起来了?

姜　"出什么事了?"

戴　犯什么事了?

姜　"贪污老虎伙食费?"哎哟我的妈呀!

戴　姜昆,你掉这时候不对呀,老虎的伙食费让园长给贪污了。

姜　这老虎还没吃饭哪……"老虎,抬起头看看我,是我,我又来啦!"

戴　对,三十年前来过一次。

姜　"这地方我熟,当初底下那不是你,估计是你爸爸。"

戴　还真有这可能。

姜　"提起你爸爸来,我想起有件事挺对不住你爸爸的。当初我答应出去以后给你爸爸找一只母老虎,可是出去以后,我这人诚信太差,净顾给自己搞对象,把你爸爸搞对象这事给忘了! 也不知道你爸爸……估计是搞上了,要不你哪儿来的!"

戴　你都吓晕了。

姜　"你别瞪我别瞪我。我知道你饿,你想吃我是吧? 我告诉你,几十年前你要吃我的话,我细皮嫩肉,我算绿色食品。这么多年过去了,这些年别的咱不敢说,各种各样的添加剂,我告诉你,我就没少吃,假酒我也没少喝,我们家装修,各种各样有毒的气体我也没少吸,你要吃我就等于吃毒药,你这小身子骨不一定受得了!"

戴　哎哟,我说姜昆呀,你嘚啵嘚啵跟老虎说这个,它听得懂吗?

姜　这老虎听完了以后，"噗"！"噗"！"噗噗"！

戴　扑着你没有？

姜　突然一转头，"噗噗噗"，它回到笼子里边儿去了！

戴　回窝里去啦？

姜　我突然想起来了，这不是野生动物园，这是正儿八经的……

戴　这是专业的动物园呀。

姜　这里边儿的老虎……

戴　它经过驯化了，它不吃人啦！

姜　不吃人我怕什么呀！

戴　没野性了。

姜　哎，出来出来！跟我出来玩儿呀！它死活不出来。

戴　它怎么不出来呢？

姜　我估计它明白，现在出来没有它的好。

戴　怎么啦？

姜　现在？苍蝇、老虎一起打！

戴　它也明白？！

虎口遐想三十年

（根据 2017 年央视春晚演出录像整理）

小说《虎口余生》

○ 梁　左

"妈呀——"

"哎哟——"

一声惨叫，一阵惊呼，我，我他妈折下来了！狗吃屎，嘴啃泥，倒栽葱，借个词儿说吧，是怎么估计也不过高，怎么形容也不过分，整个儿一个惨！

不高，才五米二。也不疼，正好折在烂泥塘里。可这是什么地儿？动物园的狮虎山！老虎在这儿关着，老虎在这儿转悠，老虎在这儿洗澡、打滚儿、晒太阳。这，这是教人待的地儿吗？哎哟，我的妈呀！不远三米处正蹲着个大活老虎：黑一道，黄一道，红口白牙的，还眯着眼睛朝我这儿瞅呢！

完了！全玩儿完了！我今儿算是喂了老虎啦！一米六五，百十多斤，可给动物园省了！

您说，我可招谁惹谁了？小工人，歇礼拜，大热天的没地方去，动物园里遛遛弯儿，狮虎山前解解闷儿，我这儿伸着脖子逗老虎哪，后边人一拥，把我给挤下来了！这，这上哪儿说理去！

满脸青，一身泥！头也歪了，脖子也扭了，鞋也掉了，表也砸了。三米外还、还蹲着个大老虎，血盆虎口，虎视眈眈啊！

　　梁左,1957年9月3日生于北京,1985年毕业于北京大学中文系,早期创作了许多脍炙人口的相声作品,20世纪90年代初与英达一同创作了大型情景喜剧《我爱我家》,开创了中国情景喜剧的先河。

完了，我这一辈子算交待在这儿了！

断头今日意如何？鲁智深倒拔垂杨柳，孙悟空大战二郎神，咱年轻一代也得是好样儿的！共青团员，英勇无畏！工人阶级，视死如归！拼一个够本，拼俩赚一个！当人曝众的，咱可不能丢人现眼！"盖叫天"的《武松打虎》再好那也是戏，今儿哥们儿来个实打实的，也让大伙儿开开眼——哎哟，就是这两条腿跟不上劲，一阵一阵地往下软，这是怎么说的。

慢着，如今时兴法制教育，咱在厂子里也没少受教育，就是有个什么《动物保护法》，老虎就受保护，打死它犯法，有这么不讲理的吗？要说妇女儿童的受点儿保护还差不多，这老虎，身强力壮、虎背熊腰的，还用得着保护吗？拼，今儿拼了！打死它，我顶多落个失足青年，再来个主动自首、知罪悔罪、坦白从宽，也没有多大罪过。嗨！好死不如赖活着，就是吊销户口、发配边疆也认了！再一说，法律也是人定的，说到哪儿去，它也不能向着老虎！

就是这腿不争气，站不起来呀！

"可了不得，可了不得啦！"

"快救人，快救人啊！"

"砖头！砖头！一人一块砖头！"

"哥们儿，挺住！"

"拐棍儿！老头儿，快把您拐棍儿扔下去！打虎也得有个家伙呀！"

"妈的，大伙儿全跳，把老虎吓回去！"

"水果刀要吗？我有水果刀！"

"下定决心，不怕牺牲……"

"对面卖西瓜的——快把刀拿来——"

"扔盒烟！给扔盒烟下去！让小伙子抽口提提神，回头打虎有精神！"

"共产党员跟我来！"

"小伙子,你,你要留下什么话儿吗?"

"刀,顺墙扔,别伤着人!"

"叔叔,我有木头枪!"

瞧这份儿乱!看来没有领导还是不成!哪怕你们来个"虎口救人临时小组"呢!光知道给我扔,我这会儿有心思抽吗?拐棍儿、水果刀的扔了一地,让我指这玩意儿打虎?这老虎蹲这儿懒洋洋的,回头我再把它那点儿精神头儿给逗上来,全完!再一说:打虎,我倒是有这份儿心!我……我他妈的也得有这份儿力啊!

人的命,天注定!算命的说我二十三岁有场大难,前儿过生日我还说躲过去了,躲了初一躲不了十五!人家八成是按阴历给算的,阴差阳错,就应在今儿啦!唉,今儿要不出门就好了!

怪就怪咱这个头儿,一米六五,三级残废,二十三了还找不着对象!要不,星期天她能让你闲得出来瞎逛?小孟子回回休礼拜都得上丈母娘家干活儿去!登梯爬高,刷锅洗碗,自打他俩对上象,他丈母娘家就没雇过保姆!当然咱也不能找那样儿的,找对象嘛,都是奔着享福,谁也不是图个受累。星期天,俩人关起门来亲着嘴搂着腰说点子悄悄话儿,要不出去看场电影吃顿西餐什么的,任怎么着也不能有生命危险啊!就是逛公园,也没听说搞对象逛动物园的,腥臊恶臭,多受刺激,多影响情绪呀!

这老太太也是,问我想留下什么话儿,我可留什么话儿呢?家里,这么大一个活儿子,你说是因公牺牲、因病死亡,就算是意外事故、汽车轧死、大火烧死,也都还说得过去;如今可好,生叫老虎给吃了,这不让人家笑掉大牙吗?得,爹妈多保重,弟妹别伤心吧!五叔六舅、七姑八姨的勤来看几回,街坊邻居、同事同学的多给照应点儿……就可怜我姥姥,把我拉扯这么大了不容易,一旦让老虎吃了去,可真够她老人家伤心的!她怕是也活不长了。

厂子里呢？各位领导、各位师傅，我休礼拜出去玩儿，没留神让老虎给吃了，这，这像话吗？从自己身上找原因？我自由散漫，无组织无纪律……我已然是死了，还犯得上做检查吗？有什么要求呢？抚恤金，国家有规定的，我这又够不上"工伤"，最多算"自然死亡"，争那个没意思。追认党员？平日里事迹又不突出，再一说也不是好死的，别给领导找麻烦啦！过两天就民主选举了，车间主任准乐得蹦高！我死了，可少了一张反对票，说不定，还猫哭耗子假慈悲地"承担责任"哪："都怪我平时教育不够，要求不严……"车间的几个哥们儿小孟子、小明子，倒该留下几句话儿：继承我的遗志，活着干，死了算！别学我，赶明儿没事少出门，千万别逛动物园！唉，追悼会的事咱就别操心啦！依我说开不开的两可，悼词没法写呀！"学习努力，工作认真，尊师爱徒，团结互助，不幸被老虎叼去……"这，这也不像话呀！

"哥们儿，挺住！"谁喊的？你下来挺挺试试！真他妈骑驴的不知道赶脚的苦，饱汉子不知道饿汉子饥！看人挑担不吃力，看人打虎不心慌！我倒想挺住，这肝也颤，手也抖，腿也软，脚也飘，浑身上下不跟劲呀！……大伙儿全跳下来？那敢情好了！一个好汉三个帮，打虎胜利有希望！再一说，就算你们喂了老虎，也是奋不顾身，舍己救人，死得其所，重于泰山！好家伙，舍身取义，杀身成仁，这是千古留名的事啊！将来，追认个党员、宣传个事迹什么的，就别提多光彩啦！就算上不了《人民日报》，《北京晚报》上也得给您来上一条儿，那就永垂史册啦！不像我，喂了老虎，也是无谓牺牲，轻于鸿毛，倒也兴许能在晚报上露露脸，"一青工游园不慎落入虎口丧生，有关部门提请游人引以为戒、注意安全"，权当我是反面教员！

哇！怎么没人跳啊！

"别扔砖头啊！把老虎惹急了可不得了！"

"先文后武，文攻武卫！"

"喊,喊,大伙儿一块儿喊,把老虎吓回去!"

"谁带肉了?扔肉,往里扔肉,别让老虎吃人啊!"

"我喊一二三,大伙儿喊,喊打虎……"

"这老虎真老实,八成不饿呢!"

"小伙子,沉住气,别动,千万别动,老虎不吃死人!"

"一二三!"

"打老虎!"

"一、二、三!"

"打——老——虎!"

也是,这老虎怎么没动静呢?蹲在那儿,眯着眼睛,跟个大老猫似的。都说老虎脑门顶上有个"王"字,平日里隔得远,也看不真着;今儿机会难得,我细瞧瞧,死也死个明白!啊,不假,三横一竖,透着那么威风……一二三,打老虎。一二三四五,上山打老虎,老虎不吃人,专吃杜鲁门……废话!老虎能不吃人吗?它不吃人,我不就活下来了吗?他妈的,活着是比死了强!我要能混过这关,我,我一定好好活着!干"四化"?"八化"我也干哪!我一定没日没夜地上班,哪儿脏哪儿累就奔哪儿去,跟人家党员一个样儿!领导说是灯我就添油,他说是庙我就磕头,他说东我不说西,他说萝卜我不说鸡,这还不成吗?在家里也孝顺父母,爱护弟妹,文明卫生,五讲四美……每月开了工资,先打俩点心匣子给我姥姥送去,剩下的一分不留,全交我妈!我,我还要补习文化,学外语,我还要写诗,当一个诗人……

"管理员呢?找管理员!"

"消防队!打电话给消防队!人家有高压水枪,一打老虎准回去!"

"公安局!叫警察来!"

"消防队还有云梯!把人救上来不结啦!是119,不是09!"

"有兽医吗?打一枪麻醉针!西双版纳逮大象就这么逮的,科教电影……"

"急救站！再给急救站挂个电话！"

"武警部队！"

"园林局！动物园归园林局管！"

"一二三——打老虎！"

打电话！找人！现在有那工夫吗？找那么些人来干吗？来向遗体告别呀！怪事，怎么没人想起给电视台打电话呢？这要来个老虎吃人的实况录像，绝了！世界各国都得争相购买，死了死了咱还给国家创了外汇啦！我要能创来外汇，也算为"七五"做贡献了！

可不，这管理员上哪儿去了？这老虎就归他保管，他得有个主意呀！

听说国家有规定，凡属枪支弹药危险品，就比如药房卖的那耗子药、巴豆霜什么的，全得领导负责，专人保管，出了事就朝你说！我们厂里民兵训练使的那几杆破枪，掸八下都顶不着火的玩意儿，还有一名副书记分工负责，保卫科科长整天当个事似的"保管"着哪！哦，这老虎，吃人的主儿，没个专人成吗？有专人，有专人这会儿正用着你了，怎么连个影儿也找不见？今儿休礼拜？不能。你休礼拜，老虎它不休礼拜呀！小子不定猫哪儿敲三家儿去了！好嘞！

你小子看的好老虎！这眼见要生吞活人，你倒躲清静去了！

怪了，这老虎怎么一动不动的呢？老虎不吃人？江山易改，本性难移呀！《北京晚报》上登过一回，说是为了保持动物园老虎的野性，光喂肉还不行，隔三岔五的还得扔进俩活鸡兔子什么的，让它练着捕捉活食哪！好，好，练好了本领好吃人！还说每逢礼拜日还得饿上它一天，保持野兽的凶猛……坏啦！今儿就是礼拜日，老虎正饿着哪！这，这不是倒霉催的吗！

上哪儿说理去！老虎嘛，已经进了动物园，就归观赏动物，还保持的哪家子"野性"！要看野的，您上西双版纳呀！再一说，这老虎也是国家财产，

凭什么一礼拜饿它一天？哦，省了饲料钱，你们动物园惦着多发奖金哪，没门儿！老虎饿坏了算谁的？老虎饿了，它，它能不吃人吗？

吃人？没那么便宜！老子大小也是条性命，就这么活活让老虎吃了，说得过去吗？人命关天，你们动物园得负责！做深刻检查！下不为例？没那么便宜！扣发当事人全月奖金！那也不成！出了这么大事故，你们园长得撤职！管理员得开除！我这身后之事，你们动物园得包啦！八宝山小礼堂，一屋子花圈给我摆满了算！我姥姥要急得瘫在炕上，你们得好吃好喝地养活她！她老人家信佛教，这要是有个三长两短的，六十四个老和尚念经超度，一个也不能少！我们那厂子是亏损企业，书记想钱都想红了眼，这回不敲你个三万两万的，不算完！

管理员呢？管理员怎么还不来？

"一二三——打老虎！"

"别打啦，救人要紧！"

"绳子，快找绳子来！"

"解皮带，大伙儿全解下皮带来！"

"接上，接上，多拧几股！"

"姑娘，别害羞啦，救人要紧哪！"

"一二三，打老虎！一二三，打老虎！"

你还别说，如今这社会风气就是好！五讲四美蔚然成风，我们书记这么一做报告大伙儿还不爱听，可事到临头你不服气不成！瞧瞧，一说要绳子，大伙儿全解裤腰带！大热天的，一个个提着裤子在这儿奋勇救人！

哎哟，这，这姑娘把自个儿系裙子的皮带也解下来啦！她可真美！瞧人家姑娘怎么长的！就像什么书说的，滑若凝脂，柔若无骨，真叫一个"楚楚动人"！真叫一个"秀色可餐"！瞧她，挤在人堆里，一手举着皮带，一手提着裙子，一双黑眼睛还直朝我这儿瞅哪——废话！谁让你小子掉下去了，不瞅你还瞅谁去？还瞧着人家"秀色可餐"，那老虎瞧你也"秀色可餐"！要不说你小子不地道呢，人家大姑娘为了救你连裤腰带都解下来了，你还转悠坏主意，呸！

唉，这也不能全怨我。这都死了死了的连个媳妇都没说上，我能闭得上眼吗？活这么大了，连个后代都没留下，你说我这人生一世算是干什么来了？这儿见着个漂亮的，我能不动心吗？君子动口不动手，我连口都不动，光动心还不成吗？快死的人了，还较什么真儿呀！

不！不能这么死！为了生命，为了爱情。当着姑娘，咱得给人留下好印象。再一说大伙儿这么玩儿命救我，咱也不能对不住大伙儿！明知山有虎，偏向虎山行！胸中跃红日，手下舞东风！敢与恶虎争高下，不向妖魔让寸分！悲愤化作回天力，打虎自有后来人！

抄家伙！老头儿这拐棍儿，枣木的，能抵挡一阵。西瓜刀，拿上！站起来，上！

心一横，我、我站起来了！

那老虎漫不经心地看了我一眼，懒洋洋的——它趴下了。

"接着，绳子！"

"抓住了，千万别松手！"

"别慌，哥们儿，胜利在望！"

"小伙子，劳驾，把我那拐棍儿也捎上来！"

"水果刀！上头还带着车钥匙呢！"

"叔叔，我的木头枪！"

哟，这绳子盖了！三十多根皮带拧的，够结实！漂亮姑娘那裙带子在最下头，我一眼就认出来啦！淡绿的，两道金边儿，带着她的体温、她的芬芳、她的清香……酸劲儿的！姑娘要是有狐臭呢，就带着臭味儿！要是有肝炎呢，就带着病菌！甭管怎么说，回头往上拽的时候咱得留神，别把姑娘的皮

带拽坏了,这可是人家的贴身之物!

舍命不舍财! 老头儿的拐棍儿、卖西瓜的刀、小孩儿的木枪,拾掇拾掇,全给带上去,一样儿也不能给老虎留下!

拽住绳子,上! 上!

一米,二米,三米……

妈呀,我上来啦!

虎口余生啊!

如果说《虎口遐想》的视角是向内的，反映的是掉入虎山的小青工的人生价值观；《新虎口遐想》的视角则是向外的，更多反映的是不断被游戏化的传播环境……

众人评点

马季与姜昆表演相声,摄于 1984 年。

《虎口遐想——姜昆梁左相声集》序

○王　蒙

人们越来越爱听相声了，因为忙，因为烦，因为压力，因为许多品类的表演质量差，就更需要笑得轻松。而笑又是什么呢？笑是一种什么机制、什么艺术呢？读一读姜昆、梁左合写的这本相声集，你也许会体会到笑实在是一种"洞察"的智慧，洞察了各种畸形和做作，便发出了会心的笑声。例如《学唱歌》里对于某些歌星的表演的概括，"主动热情式"啦，"自我陶醉式"啦，"恨你入骨式"啦，"悲痛欲绝式"啦，让你觉得作者把一些歌星算是琢磨透啦，实在没跑，实在绝啦，够损的啦。为什么"损"，看透你啦，准确而又淋漓，你能不笑吗？

笑也是一种生命力。拿深受群众欢迎的相声段子《虎口遐想》来说吧，掉到动物园狮虎山老虎洞里的经验人们大概绝无仅有，最好也不要有；但是生活中那种被挤对得身不由己的被动，那种类似被老虎吃掉的恐惧和令人哭笑不得的尴尬，那种毫无意义、毫无代价可言的祸患，特别是那种受到一大堆好心人莫衷一是的同情，却又几乎找不到一个真正负责、真正有义务也有能力帮助你摆脱困境的人的虽不孤立却仍然无援少援的处境，仍然使你觉得似曾有过，仍然必定会引发出一阵又一阵的哄笑。而处

众人评点

在这种"虎口"险境的人居然还能遐想,居然还在考虑搞对象与自己的个头够不够尺寸,居然还能"练贫"(因为说相声的"甲"是进入这个倒霉的相声角色的),这不也是一种顽强和一种力量吗?幽默一下,也许于事无补,但不也比毫无幽默感地等待灾祸蔓延的"坐以待毙"要强吗?

自然也可以不必说得这么大这么深。众所周知,相声是笑的艺术,逗人一笑,有益身心健康,功德无量。掉到老虎洞里,还能不出洋相吗?荒唐的情节设计引起了荒唐的遐想,荒唐得出了格,就不是惊险场面惊险故事而是喜剧场面喜剧故事啦。这既是艺术的逻辑,也是生活的逻辑。

荒唐故事的构成材料却未必都荒唐。陷入虎畔的"甲"希望能"组织组织","哪怕组织个虎口救人临时小组"呢;搞对象的小伙子,星期天要"上丈母娘家盖小厨房"去(相声挖苦地说:"打他们搞对象起,人家丈母娘家就不雇保姆啦!");为了把老虎吓走,有个小伙子建议大家喊口号;找管理员,管理员休息;要打电话而附近又没有电话;"甲"的所在单位是"亏损单位,书记想钱想红了眼,不敲你们三万四万不算完";以及矮个男子找对象方面的自卑心理等,这些并非没有生活依据。荒唐的逗笑中仍然流溢着生活,而有生活依据的逗笑就不仅仅是逗笑,而成为嬉笑怒骂言之有物的文章了。

相声《特大新闻》说的是一条关于"天安门广场要改农贸市场"的小道消息,如果把这个段子只是解释成为对于把老鼠传成大象的传闲话的讥讽,那就过于简单化、平面化了。这个段子提到的在革命博物馆举办的新潮家具展销,并非全然的杜撰。天安门城楼卖票参观,外国人拿农贸市场当窗口看中国,"这么热闹,这么红火,咱们中国像欠债不还的主儿吗",以及想象中的物价问题,重复收税问题,掉鞋后跟儿的质量问题,随地吐痰与市容管理问题……信口开河、信口雌黄中却都有着一定的生活内容。如果说这个段子多少反映了商品经济大潮冲击下思想的活跃、躁动与混乱,反映了一种兴奋而又惶惑不安的失了法度的心理,恐怕亦不能算牵强吧?这么说,这段相声还相当"超前"地敏锐,相当有深度呢。至于当相声说到"生命诚可贵,爱情价更高,若为自由市场……"以及"鸡蛋诚可贵,鸭蛋价更高,若买松花蛋,还得掏五毛"的时候,笑声中我们或者议论一句"真贫""真缺德",也许这种歪批的"诗"能引起裴多菲虔敬者的相当的反感,也许相声的逗笑里确实亵渎了一些本来很伟大的东西,也许相声这种艺术形式本身就难免玩世不恭与亵渎神圣的原罪,但这种反差这种亵渎难道不也是生活本身的提示?生活本身对神圣所开的玩笑——例如"文革"——难道还少吗?悲剧能够变成喜剧、闹剧,不严肃的难道仅仅是逗笑的说相声的吗?

《电梯奇遇》就更"生活"了。一个人关到电梯中走不出来,伙食科科长只管考虑他的伙食标准,宣传科科长照旧进行他的分析清谈,人事科科长则准备发商调函把那人的关系转到电梯里来,"白天算你出勤,晚上算你值班",办公室主任则召集会议研究救人措施,最妙的是这座"效率大楼"里的头头脑脑还都宣布自己早已看出来电梯有问题,却没有任何人采取任何实际的步骤去修补或者更换电梯,这究竟说明了什么?然后发展到伙食科用滋水枪往电梯里滋鸡蛋汤,宣传科授予被关者以各种光荣称号,人事科决定给予被困者以科级待遇,办公室准备卖票组织参观,最后是经过定向爆破把被困者从一个旧电梯崩到另一个坏电梯中去了……匪夷所思的情节设计中包含着十分辛辣的黑色幽默。这个段子的内涵其实是非常丰富的,不但可以搞成相声,也完全可以搞成一篇小说,乃至搞成一台话剧。这里边的潜力还大大的有呢。

《小偷公司》同样是一个沉甸甸的相声段子。这里用"沉甸甸"来形容相声似乎颇有点用词不当。《小偷公司》的第一层意思是嘲笑小偷,勿偷勿窃,这样的道德标准当然是可以被广泛接受的。第二层意思可就是讽刺组

织机构和运作秩序的弊端了。"小偷公司"中坚持"第一线工作"的只有"我"夫妇二人,却设立了一个总经理十一个副总经理,还要"学文件",还提出了"我们也有三只手,不在城里吃闲饭"(又是亵渎)!并且设立了"保卫科"、"纠察队"、"业务科"(一个科长十五个副科长)……要偷一个女工的钱包首先要在"工业口""妇女口""青年妇女口""双眼皮未婚青年妇女口"之间扯皮……"小偷公司"愈精减人愈多,走后门进来一大批不懂"业务"的人,两个人偷钱一百多个人花钱,层层请示……呜呼,这个相声与咱们的机构改革、提高行政效率的大题目搭界呢!当然,请读者与观众高抬贵手,相声用的是相声的路子,言过其实,信口胡抢,嬉皮笑脸,荒诞无稽,在所难免。总不好在相声里做一个精兵简政问题的报告,是不?

相声《着急》是一个新段子,它所反映的这种生存状态其实是令人觉得相当亲切的。着急起床而闹钟没响,着急出门而被白菜堆、煤堆挡路,着急赶路而被汽车抢了道(他当然是骑自行车的喽),渴了喝不到开水,上完厕所拉不上拉锁,做工间操的伴奏音乐没了节奏(录音机有毛病),开饭的时候埋怨给自己打的菜少,听个报告长得没完没了,自由市场买菜价钱很不公道,国营商店售货员的态度更糟,电视剧拖拖拉拉……活脱脱一副贫贱人家百事哀的心态录!特别是说到孩子,不该搞对象的年龄(刚上初一)就交开了女朋友,到了岁数却又找不着对象了,真是令人哭笑不得,令人喷饭而又叹息!

一段相声里能有这么一句两句搔到人们痒处(乃至痛处)的玩笑话也就不容易了。又尴尬又亲切,又可笑又可悲,又流露真情又一通耍嘴皮子,真真假假,悲悲喜喜,笑笑闹闹,深深浅浅,道是无心却有心,道是有愁却无怨,这也就够可以的啦。您还要什么?就像电视剧《渴望》里刘大妈一听罗刚是写书的作家,就免去了他吃饺子时外加的酒菜招待一样,点到这儿也就成了,观众又不是傻子!君不见,有些洋洋洒洒的大作品,数万言数十

万言下来,竟还找不到一句真切深沉、冷热适度、可以解颐、可以排忧的警句妙语呢!

如此这般,这个相声集里所收的作品比起以前人们熟悉的相声段子似乎多了些生活的气息,多了些笑料的立体,多了些心态的概括,多了些耐人寻味的"味儿";或者,可以说它们更文学吧。这很可能与作者之一的梁左先生有关系。他的母亲是著名作家谌容,他本人是北京大学中文系的高才生,毕业后又在高等学校做中文系的讲师,由他与著名笑星姜昆珠联璧合,共同创作,必然会为相声的文学脚本带来点更深刻的东西。相声相声,人们对它也要刮目相待了:杰出作品,宁有种乎?

有些大家对文学的态度是非常严肃的,也许是太严肃了吧,他们不大喜欢相声,他们把说相声等同于耍贫嘴。有一位可敬的大作家大师长就不无遗憾地批评我的某些小说段落是在那儿"说相声"。还真说对了。其实年轻的时候我也是有志于相声创作的,20世纪50年代我曾经给某曲艺杂志投过稿,那段相声的题目似乎是"做总结",失败了,被"毙"了,这颗种子没发出芽来。"贫嘴"还是要耍下去的,哪怕给深文周纳的豪勇们提供了方便。连"贫嘴"都不耍,岂不闷气乎? 连"贫嘴"都耍不出来了,岂不没劲乎? "贫嘴"要到姜昆、梁左这个份儿上,您做得到吗? 仁者见仁,智者见智,如果您读完了、听完了这些相声,除了"贫嘴",还是"贫嘴",再也得不到旁的启发,并从而抱怨这些相声、抱怨相声这种形式,并为喜爱这种形式的人感到遗憾,那就是"接受美学"的问题了。您能怨谁呢?

(王蒙,当代著名作家、学者,文化部原部长,中国作家协会名誉主席。)

众人评点

梁左相声的文学特色

○薛宝琨

　　20世纪八九十年代间，在连续多年的"春晚"上，由姜昆表演、梁左主创的几段相声，如《特大新闻》《虎口遐想》《电梯奇遇》《着急》，给人们留下了至今难忘的印象，把相声的幽默品性提高到前所不及的程度，是现代文学意识和传统文化精神结合的生动成果。这几部作品同样具有文学性。

　　表现之一就是向人们提出了作家所敏感、所敏悟、所疑惑、所关心的一些社会问题。这些问题虽然具体而微，却具有一定的社会或历史缘由，是那个历史时期人们关注的焦点。比如，《电梯奇遇》中当主人公处于上下够不着的"梁上君子"处境时，在现有体制互相推诿的后面难道没有某种"事不关己，高高挂起"的冷漠吗？怕事、不招事、不惹事，恰是多年政治运动的后遗症。主人公的"悬空"位置也未必没有人们时时心悬找不到自我感觉的玩讽意味。"身不由己"难道不是一种历史的悲喜剧吗？又如，《特大新闻》所引起的骚动不也是社会转型时期人们一度思想混乱的产物？传统和现实、市场经济和计划经济都有各自存在的理由。"摸着石头过河"是历史的必然，行无定向也是一时发生的踯躅。作者把握住了"现实的合理性"与"合理的现实性"这样一个"悖律"，在"不合理"中发现"合理"，在"合理"

中发现"不合理",于是也就寻找到了喜剧性矛盾。可以说,作者反映的生活不是冷漠、平面、与自己毫无干系的,而是经由作者理性思索、感情酿发"表现"(不是"再现")出来的。它不是洪涛巨浪,只是世俗生活的细水微澜——或者说,为了强调作者的真切感受,他把细水微澜"振发"成洪涛巨浪。

文学性表现之二就是他制造了一个喜剧环境,一个具有幽默意味的虚实结合、主客一体的情境。它是艺术的而不是现实的,是虚拟假定的而不是实际存在的,是社会环境和生活氛围作用到作家头脑的想象和感受,不是人们可以随便对号入座的历史背景——即戏剧理论常说的所谓"规定情境"。正是在这个情境里,作者获得了自由和个性,十分辩证地阐述着:环境和性格的关系——环境是怎样引发或开掘了性格,性格是怎样凸显着环境的特质——连人们自己都不曾意识到的自我本质。《虎口遐想》的主人公掉到老虎洞里居然还想着那位姑娘,这虽然是可笑的却未必是强加给他的。那只是一种意识流动——一种如弗洛伊德所说的"意识只是露出水面的冰山一角"——而大量的潜意识或前意识则更多的是性。求生的要求也同样包括求性的欲望。再如《特大新闻》中"天安门广场将要改成自由市场"的传说,则是把环境的虚拟性强化到令人难以置信的程度,以便在这面哈哈镜前各自照照自己的面孔。从当时改革开放的情况分析,那是一个除去理论原则和精神信条不可更改,其他一切都可以跃跃欲试的时代,天安门广场为什么不能改?但从国人的文化心理推论,谁都明白这是绝对不可能的。换句话说,作者是有意在凹凸镜下显微人们的真切意识流动,不是为了夸饰而是旨在透析,是一种具有理性价值的暗示。

人物的喜剧性格不但表现在动机和效果、目的和手段、行动和内心之间的矛盾,也还深入由表及里的性、情、理、心几个层次之间的倒错或混乱。掉到老虎洞里的小伙子在"求生"本能的驱使下居然一步一步站立起

来了。在他还没站立起来以前有呼号有喊叫,有埋怨有嗔怒,有对往事历历在目的回忆,有对前景希望和胜利的憧憬,有悔过和忏悔,有痴心和贪婪。可以说人一生的喜怒哀乐、成住坏空,都同时集中迸发表现出来,它们形成毫无规律、彼此冲撞、自相矛盾、前后抵牾的状态。喜剧情态交叉乱窜的后面不免有一丝人生的苦涩。性格的悖理和环境的失调,把相声带进黑色幽默和荒诞文学的境地。荒诞不是超现实而是对现实的一种凸显强调。那个"天安门广场将要改成自由市场"的"特大新闻",原来只是一个小贩希望找到一个合适摊位的"内心独白"。"特大新闻"只是显示了他找不到摊位的焦灼和急切,放大了他那"急蓝的眼"。传统相声《财迷回家》不是也有个"穷蓝眼的"看见什么都是财宝吗——卧着的狗居然被看成一件皮袄,"黑狗白鼻梁"居然被看成一摞现大洋!荒诞是真实情感的变形。

梁氏相声给我们提供了如下启示:

一是相声必须关注生活,生活不是好行小惠的闲是闲非,而是民众普遍关切的社会焦点。同时,"生活"不是直白、旁观的,而是经过艺术家过滤、评价而具有倾向性的。艺术家笔下的生活应该把历史背景转换成"关系、条件、界限"下规定的艺术情境。

二是作家应该善善恶恶,表明对是非、善恶、美丑的倾向态度,但绝不应该是口号、观念性的。感情应该和形象结为一体。感情灌注于形象,形象饱和着感情,才有所谓意境。感情的内化程度取决于叙述者的个性和手眼。娓娓道来和曲径通幽,显示了作者小说家和评论者相结合的风度及特点。

三是要写人物,形象的魅力来自人物的性格,性格集结着生活。性格的共性是喜剧区别于悲剧的界标。但共性不是观念,而是具有鲜活的时代、地域、民族和情感特征。性格的生命是真实,真实的要义是界度——"夸而有节,饰而不诬"是其要义。

四是外国的喜剧手法如荒诞和黑色幽默等要结合传统的表现方式、口吻，适应国人的欣赏习惯。"扣子"结合着"包袱"；在情节与细节中，细节要真实；在故事和人物中，性格要真实；在情境与环境中，情境要真实，如此等等。

五是改变讽刺、歌颂、娱乐等过去的"三分法"，那是观念大于形象的说法。三者是无法拉扯开的。讽刺必须有幽默的润饰，幽默离不开对丑的嘲讽，而纯娱乐必然会把相声降低为曾经不齿的"玩意儿"——此路不通也。

（薛宝琨，著名曲艺理论家，南开大学教授。）

姜昆、戴志诚、郝雨与相声作家孙晨、崔立君和导演王群
共同研究中央电视台春节联欢晚会节目，摄于 2005 年。

相声的"姜逗时代"

——两个"虎口遐想"的感言

○常祥霖

1987年版《虎口遐想》历经风雨,广为人知,成为姜昆相声形成独特风格的标志性符号;2017年版《新虎口遐想》则是姜昆相声三十年来不懈追求,艺术造诣炉火纯青的生动例证。

一个"虎口",两个"遐想",粗看似同一题材的复制,细想则发现"三十年河东,三十年河西",同一"虎口",同一情节,世态人情却大相径庭,不能同日而语。显然,两个"遐想"反映了两个时代。

众人评点

一

《虎口遐想》因参加1987年春晚而大"火",当时从作品到演出,给相声艺术带来一种焕然一新的感觉。当时我在《曲艺》杂志做评论编辑,这个节目在电视上火了之后,《曲艺》杂志有责任加以推广宣传,于是我和主管作品的同事王丹蕾商量,他负责编辑作品《虎口遐想》,我负责编辑"创作体会"。因为当时姜昆和梁左都强调这个作品在小说基础上的转变,出于对他们的尊重,我提议把小说原文作为"附录"一起发表。在那一期杂志

上，作品、创作体会和小说被安排在同一期版面上，这在《曲艺》杂志的历史上是绝无仅有的，足见对于《虎口遐想》的推崇与重视。

从另一个角度说，《虎口遐想》属于姜昆与梁左合作的发轫之作，是姜昆相声风格走向新阶段的奠基石。当时姜昆已然名满天下，功成名就。按照常人的思维，他会坚守已经顺风顺水的"顽童老叟"模式，巩固自己的风格与地位。但是接触了梁左的小说，感受到梁左那充满才华与智慧的幽默后，姜昆大有"踏破铁鞋无觅处"的欣喜。这份欣喜来自姜昆经历了功成名就花红柳绿的美好之后的冷静沉思，也来自苦心孤诣寻找将自己带向事业更高一级的"突破口"的不懈努力。有着良好家庭文化背景的梁左，天资聪慧，博学多才，睿智幽默，对相声好奇且迷恋。这些特质恰好契合了姜昆的"相声要有较高的文学性"的理想追求。于是他用开放包容的态度接受了小说的主题内容，也接受了与梁左合作的关系。但是，姜昆有着自己的原则立场，他坚持艺术必须创新的理念，同时又立场鲜明地维护相声的本体规律，很果断地对小说进行了创造性转换与创新性发展，完成了从"书面的小说"到"舞台上演出的作品"的转变，不经意间开启了相声关注国计民生，关注时代精神，把小人物的喜乐忧思与艺术的新奇追求融会一体的相声新格局。

二

新格局新在哪里？习近平总书记曾一语中的地指出："任何一个时代的经典文艺作品，都是那个时代社会生活和精神的写照，都具有那个时代的烙印和特征。"

重温经典记忆，领略一下三十年前《虎口遐想》中几乎无处不在的时代痕迹：

这老虎一瞪我，我脑子激灵一下，"噜噜噜噜"，涌现出许多英雄形象！

一事当前必须有"思想领先"的概念，这种表达在当时那个年代属于流行时尚，那时候的文学戏剧创作若不这样，反而好像与世隔绝的异类。在那个环境下，这个看似时尚的表述，是人物情感的艺术夸张，也是时代文化的一个标签。

> 唐　一米六五，凑合啦！
>
> 姜　你和我凑合了，搞对象的姑娘都不和我凑合，一搞对象嫌我个儿太小。你说但凡我有个对象的话，我能星期天一人没事跑这儿看老虎玩儿来吗？
>
> 唐　那怎么不能来啊？
>
> 姜　怎么不能？你让搞对象的小伙子你们说说，你们搞对象，你们到了星期天，谁不上丈母娘家干活儿去？
>
> 唐　是这样吗？
>
> 姜　是这样吗？我跟你讲，我们家老二自从人搞对象起，人家丈母娘家就再也不雇保姆啦！

这些发自肺腑的争辩与哭诉，属于"艺术真实"的表达，却也道出了彼时彼地的"生活真实"的存在。在那个年代，男子身高不到一米六五属于"二等残废"，找对象会很困难，这是很普遍的现象。当时的婚恋观与今天的婚恋观有很多不同，现在的"有豪车，有别墅，有存款"是典型的明码标价，其他的则"年龄不是问题""身高不是问题""国籍不是问题"；而那时候，"三转一响带咔嚓"（即自行车、缝纫机、手表、收音机、照相机）就心满意足了。两相比较，难免会发出"洞中才几日，世上已千年"的慨叹！

那时候，但凡到了星期天，那些正在搞对象的小伙子们，哪有今天小青年的野地烧烤，品尝大餐，购物消费，时尚体验，以及说走就走的要么国

众人评点

内特色小镇旅游,要么加拿大、新西兰、俄罗斯的国际考察的这般任性与自由?几乎无一例外地都要到姑娘家帮忙做事,讨好家里人。"给丈母娘家盖小厨房"属于当时很有荣誉感的"大活儿"。这里特指居住在普通胡同里的居民生活。那时候,谁家要是摊上一位勤快且心灵手巧,能帮着换个煤气罐,买个大白菜,修理个电视机,又会炒几个菜的未来姑爷,会让街坊邻居赞不绝口。如果能在大杂院狭小的空间里拐弯抹角挤出两平方米盖起一个小厨房,那会是引得一条胡同的老老少少眼红或感到荣耀的事情。

> "老虎,你放我出去,我一定好好活着。咱们听领导的话,好好干工作。在家里咱们孝敬父母,尊重弟妹;出外咱们遵守交通规则,不随地吐痰!"

> 拍个老虎吃人的片子卖给外国人赚点儿外汇,也算哥们儿临死以前为"七五"计划做点儿贡献。

这个宣言式的表态,今天看来似乎空泛中还有几分虚伪,但在那个时代却被认为是积极上进,是有责任感,很爱国,很脱俗,有境界的精神写照。对那时候的人来说,"干四化"就是美好的理想,"在单位早上不迟到,晚上不早退,听领导的话;在家孝顺父母,爱护弟妹;出外遵守交通规则,不随地吐痰"就是普通人看得见摸得着最实际最真切的高标准道德规范。

> 找了半天附近没有电话?您听听,这是什么通讯设备?这么点儿小事都通知不出去,帝国主义要是突然袭击,我们应付得了吗?①

站在今天的角度看,"找了半天附近没有电话"是不可思议的。电话不就是手机吗?人人在手,一人有三部两部的不在少数。可是三十年前,不要说手机,就是"电话",包括公用电话、单位电话,哪个也不是能随便享用的

---

① 台词出自非春晚演出版本。

玩意儿。在普通大众眼里,电话无异于今天的奢侈品!

> 我们单位是亏损单位,书记想钱都想红了眼,这么一大活人没了,你们等着,我们书记不敲你们三万、四万不算完![1]

当时"亏损单位,书记想钱都想红了眼"是很普遍的事情,观众心里理解,成就了相声包袱结构的基础。话糙理不糙,画龙点睛般地勾画出那个年代国家经济落后,各种单位企业经济状况窘迫的状态。这里没有什么难堪可言,国家穷、人民穷,逼迫得小青年即便置身绝境也挂在心上,念念不忘。乍一听真可笑,可再一想,苦涩心酸油然而生。笑了之后让人沉思,沉思之后暗自神伤,这就是相声的价值所在!具有了哲学思辨的意义。

> 我抬头一看,一声号召,三十多人正解皮带呢!哎哟,这真是"五讲四美"开了新花![2]

> "啊朋友再见,啊朋友再见……"

"五讲四美开新花"的口号,连同"啊朋友再见,啊朋友再见"这首南斯拉夫电影《桥》的插曲,带着浓厚的历史痕迹,定格在20世纪七八十年代,还原了历史面貌。

转眼之间,《虎口遐想》伴随着时代的脚步,带着我们曾经的单纯与美好,穿行到了今天。

这样的故事早已远去。再听姜昆的《新虎口遐想》,大有"萧瑟秋风今又是,换了人间"的感慨!

众人评点

067

三

与《新虎口遐想》初见,是其作为《姜昆说相声》专场"攒底"节目的时

---

① ② 台词出自非春晚演出版本。

候。看完首场演出，走出民族文化宫剧场大门，李金斗感慨地对我说："哥！姜昆就是姜昆！没法比！"言简意赅，尽在不言中。后来《新虎口遐想》出现在了 2017 年的春晚上，在满台时尚元素，满眼俊男美女的海洋里，它犹如一朵巨大的浪花冲天而立，激起好评如潮，赞美之声不绝于耳——"姜还是老的辣""姜昆不简单"等感叹不一而足！这段带有强烈时代烙印的相声，让严肃话题重归舞台，使娱乐至上的浅薄作品相形见绌。用具有思想深度的高质量的艺术作品征服观众，再一次显示了姜昆所追求的艺术境界，以及高度的社会责任感。这是人格魅力与艺术造诣并蒂花开的果实，成为艺术圈里一路前行、居高谦恭、政文兼通、雅俗共赏的榜样！

拥有无数荣誉，肩负诸多责任，还有多少属于相声？

用相声来回答：

姜　这三十年后我又掉下去了，来的人不少，我看，怎么没人解皮带呀？

戴　今天人都干吗呢？

姜　全拿手机给我拍照呢！

戴　腾不出手来呀。姜昆，知道干吗给你照相吗？发微信、朋友圈啊！

姜　是，还嚷哪："哎！姜昆姜昆，转过身来，摆个 Pose！"

"哥们儿哥们儿快看嘿，姜昆又掉老虎洞里了！来，点个赞！"

"你掉这时候不对！晚高峰！车都在半道堵着哪！"

"姜大爷，我特别想救你，但你这岁数我怕我把你救上来你说我给你推下去的，我跟我爸爸说不清楚！"

在这里,时髦的内容、典型的话题,应有尽有,相比三十年前的单纯质朴、经济窘迫以及通信不发达的尴尬,已是天壤之别。"发微信、朋友圈""摆个 Pose",是当下不分东南西北、男女老幼的日常习惯。不分时间地点的"发微信、朋友圈""摆个 Pose",面对有人掉进老虎洞,身陷危险境地的关头,不但不给予援助,反而幸灾乐祸,还要"点赞",良心何在?!

掉下来没有三分钟,什么大报记者、小报记者、电台记者、网络记者,全来了。长枪短炮对着我,问我一个问题:

"姜昆,你幸福吗?"

"我们动员全社会想办法,我们现在进行现场直播。"

"现在连线专家进行现场指导。"

"专家组出了三十个方案,经过反复研究筛选,最终确定了一条可以把姜昆救出去的方法——自救!"

"问问,有 WiFi 没?给个密码!"①

在故事的特定情境中,姜昆的相声担负了"将那无价值的东西撕破给人看"的使命,它撕破了与时代精神极不协调的市井百态。你看,生活条件优越却又麻木不仁的群众,毫无约束的自我张扬,见死不救的冷漠,不分时间地点的拍照,在看似通信手段极为发达的现场,媒体人文不对题的采访,所谓的专家强词夺理的敷衍,贪污老虎伙食费的腐败园长,等等,一个人命关天的严肃事故现场,变为了嬉皮笑脸的"走秀"闹剧。更妙的是:"老

---

① 台词出自非春晚演出版本。

虎我告诉你，三十年前要吃我，我，属于绿色食品。""这几年……我各种毒气没少吸，假酒没少喝，各种食品添加剂我没少吃，你吃我就等于吃毒药，你这小身子骨不一定受得了！"[1]想一想，环境污染、食品安全，哪一样不是事关性命的声讨？在你我前仰后合的嘻嘻哈哈之中，姜昆的手术刀在冷峻地解剖着种种弊端。

四

《虎口遐想》与《新虎口遐想》间隔三十年，"遐想"之间，标题多了一个"新"字，一大批堪称相声新经典的《着急》《电梯奇遇》《特大新闻》《真实的谎言》《是我不是我》《名师高徒》《楼道曲》《家庭喜剧》《美丽畅想曲》《五湖四海北京人》《我有点晕》《如此专家》等相继问世。"遐想"历经三十年，姜昆用相声艺术与时代的意会，与人民的共鸣，构筑了一道色彩斑斓的相声画廊。在这道画廊中，作品无不是以时代生活为经，以常人情趣为纬，编织出来的锦绣篇章、时代经典，充盈着健康向上的精神意蕴。他的相声以格调高雅、题材新颖、情趣健康、清新脱俗的个性稳稳地矗立在中国曲艺舞台上，与时代同步，与人民同心。回望两个"遐想"，细数三十年业绩之辉煌，毫不夸张地说，姜昆用超凡脱俗的才华与满腔热忱的付出构筑了相声的"姜逗时代"。

所谓"姜逗时代"，是说在两个"遐想"之间诞生的几乎所有作品，起点高，立意新，讲究文学性，体现艺术性，开阔了相声人的视野，提升了相声作品的品位，跳出市井俚俗的狭隘题材，走向关注国家大事、参与并思索家国情怀的新台阶。在这里，人物的社会地位不高，却又用常人之情表达

---

① 台词出自非春晚演出版本。

了观念的变化,反映了时代的变迁。无论是在相对狭小的曲艺空间,还是在广阔的文化艺术领域,这些作品均有着无可争议的地位和无与伦比的影响。

姜昆的相声具有经典性。所谓经典作品,是它在某一刻以某种方式撞击了你的心灵,让你久久不能忘怀。经典的产生无不是尽心、细心、匠心、耐心酿造的果实,经历了心血冲动、热情兴趣、执着不懈的过程,能长存于世,并且越是随着时光的推移,越是显现出不可替代的历史地位及时代价值。对照两个"遐想"联想系列篇章,"那个时代的烙印和特征"凸显在我们的脑海中。相声大师侯宝林与漫画大师方成有一个艺术共识,那就是"相声是有声的漫画,漫画是无声的相声"。从这个定义看姜昆三十多年来的相声,那就是一幅幅鲜活的"有人儿,有事儿,有趣儿,有味儿"的民俗画。在《着急》里,用平常人的现身说法,对不正常的社会关系展开观察与思考,揭示出社会底层的种种生活窘态,处处无奈与焦虑,发出公平正义的呼唤;在《电梯奇遇》里,用主人公身陷老式电梯,上不来下不去,进去了出不来的尴尬,讽刺了社会残存的陈旧观念,影射了病态的管理机制,剑指空谈误国、消极懒政等社会弊端;在《特大新闻》里,用邻里之间看似家长里短的闲篇儿,勾画出当时"十亿人民九亿商,还有一亿没开张"的图景,其中一句"我听说,天安门广场要改成自由市场啦",堪称辛辣至极,用"嘲弄神圣"的幽默章法尖锐地讽刺了荒唐世相,毫不留情地批判了社会浮躁不安的种种流弊;《真实的谎言》更是投向虚伪世界的一剂猛药,对某些丧失党性原则,泯灭道德良心的腐败人群表达了无以言说的声讨;《是我不是我》在看似误会的调侃中,笔锋犀利地揭破了人际关系深层的可悲,以及在某种精神幽灵左右下的那种庸人自扰、人人自危的环境。而《楼道曲》的故事本身简直就是一幅完整版的四格漫画:之一,往老宅里边搬进一台新鲜玩意儿——钢琴,预示着新鲜事物将要进入老旧环境;之二,搬运钢

琴上楼时每一层楼道都堆放着陈年旧物,而且哪一层都不主动让路,暗含着新旧观念的矛盾冲突;之三,钢琴每升入高一层,遇到的阻碍就更难一层,表明事物的发展进程越来越难,这时会有动摇产生;之四,邻居生小孩了,钢琴搬上来了,预示着新鲜事物必须经过艰苦抗争才能获得立足之地的通俗道理。在啼笑皆非的语境中,感受那来自久远的思维惯性,来自习以为常的价值观念,来自习惯成自然、不求有功但求无过的懒惰哲学,所有这些使得中国的改革之路步履维艰。这样的相声完全脱离了"为笑而笑,笑完拉倒"的浅薄,而是笑中有思考,笑里有责任,笑后又心酸。成功的艺术作品一定不是简单浅薄或者苍白无力的,起码具有某些哲理思辨的含义。"姜昆的逗笑"既有辛辣的讽刺,也有委婉的警示。姜昆式的幽默有着这样的立场:始终像一个负责者,将坏的消息温和地告诉垂死的病人。他一方面使理想主义者感到幻灭,另一方面也阻止了以理想主义为理由的任性妄为。

五

回望两个"遐想",我庆幸在中国相声发展的长河里,曾经因为姜昆和梁左的携手,相声有了一个异峰突起的辉煌时期。姜昆和梁左的合作给相声界注入了前所未有的活力,引起了文艺界内外的极大反响。在二人合作的鼎盛阶段,中国艺术研究院召开了"姜昆、梁左相声作品研讨会",同时庆贺《虎口遐想——姜昆梁左相声集》的出版,李希凡、方成、钟艺兵、苏叔阳、刘颖楠等很有影响力的理论家、评论家,以及当红作家王朔都悉数出席。我感觉这在当时所有的研讨会中,论规模或是规格,都是前所未有的。

姜昆有了梁左助阵,士气无比旺盛;梁左因了姜昆作用,作品如同插上翅膀。试想,如果梁左没有遇到姜昆,他还会不会爆发出后来的喜剧张力,从相声里汲取大量营养,写出《我爱我家》《闲人马大姐》等一系列在中国堪称奠基意义的情景喜剧? 当然,这个阶段,唐杰忠先生的独特气质和表演优势,给了姜昆另外一个助力。1987年春节联欢晚会上《虎口遐想》首播之后,姜昆与唐杰忠成功合作,由"顽童老叟"的模式转身确立为"智者较力"的新风格。历史告诉我们,当"姜梁""姜唐"两个组合在文学和舞台两个领域推进时,姜昆以文艺家的自觉,承担了对时代人物的讴歌,对时代精神的体悟,使自己的相声站在了时代与人民生活的交叉点上,创造了一个相声艺术的"姜逗时代"。

(常祥霖,中国曲艺家协会理论委员会主任,中华曲艺学会名誉会长。)

众人评点

前排左起：李文华、张振岐、马三立、王凤山；
后排左起：唐杰忠、郝爱民、姜昆。

繁荣相声要靠作品说话

——从《新虎口遐想》说起

○吴文科

相声,或者准确地说应该是"北京相声",由于在北京形成,而且基本上是使用接近普通话的北京话说演,从而较之采用其他方言方音与民族语言进行表演的各地曲种,拥有更易于传播的优势;同时,又以能给人带去欢笑的艺术特色,尤其受到大众的普遍欢迎。特别是在中华人民共和国成立以来,随着广播和电视媒介的迅速发展,包括央视春晚等大型舞台的青睐,有着一百五十多年历史的北京相声之独特魅力,更被放大到空前的程度,也赢得了社会各界的深度关注。

然而毋庸讳言,相声艺术在相当长的一个时期里遇到了一些问题,存在着各种各样的困难,包括对传统继承不足带来的人才短缺,以及创新能力不足导致的优秀节目稀缺,等等。其中,一个更为重要的短板,就是脚本创作的严重滞后,即内容生产的整体薄弱。最显著的例证就是当今相声行业的发展中存在着这样一种状况:由于民营班社的纷纷成立,似乎呈现出万马奔腾的繁荣景象,但回望许多班社的经营历程,放眼整个行业的创演实践,不难发现,许多名气不小的相声班社及其经营效果,与其说是"文化品牌",莫若说是"商业符号";宣传折腾、制造舆论的能量向来很大,正宗

纯正、引人入胜的名作却极为稀少。而真正的相声名家,是与能获得艺术声名的杰作直接挂钩的。但现今的许多所谓相声名家,尤其是新生代演员,究竟有多少能让人记住的名作,说起来实在应当汗颜。体制内曲艺团体的相声创演,由于一些名家的相继退休和新人新作的较难出现,包括脚本作者的缺失,也处于回升乏力的局面。即便是一些看似活跃的创演活动,也因种种原因,要么是命题作文、仓促应景,要么靠变相宣传、老段翻新,要么趋附市场、媚俗逢迎,要么追逐时尚、哗众取宠。整体上缺少生活的积累,缺乏思想的提炼,缺失艺术的砥砺,缺位形象的塑造。喧闹的表象难掩内在的贫乏。

正是在这样的情况下,社会对于北京相声的艺术期待,短时期内很难得到满足,或者说无法在那些民营班社以及所谓的新生代里获得实现。也正是由于这样的状况,2017 年的央视春晚才又将目光转向了老一辈资深的相声名家,推出了由姜昆和秦向飞合作创作,姜昆与戴志诚合说的对口相声《新虎口遐想》。这场表演赢得了热烈的反响与普遍的赞誉,进而成为一个非常值得关注和深思的创演现象。

姜昆是中华人民共和国成立以来,继马季之后,相声艺术创作表演的重要代表性人物,他凭借与李文华合作创演的《如此照相》《想入非非》《诗、歌与爱情》《男子汉宣言》《祖爷爷的烦恼》,与梁左合作并和唐杰忠合说的《虎口遐想》《特大新闻》《电梯奇遇》《小偷公司》《着急》等一系列相声佳作而独领 20 世纪八九十年代相声艺术之风骚。其艺术的影响力,仅以登上央视春晚舞台为参照,不算以主持人身份的亮相,就有从 1983 年第一届春晚共说了三段相声《错走了这一步》《对口词》《战士之歌》的“开门红”,到直至 1993 年连续十一届的不缺席,再到 1996 年、1997 年、2000年、2001 年、2002 年、2009 年、2010 年、2011 年和 2017 年前后总共二十次登上央视春晚舞台,并创造了与李文华、王金宝、唐杰忠和戴志诚先后搭

档的"常春藤"记录与"不老松"奇迹。其在央视春晚舞台上持续创造的这些辉煌成绩，不只证明着相声艺术的独特魅力在广大海内外受众中拥有极为深厚的欣赏土壤，而且还证明着姜昆自身的艺术追求和不懈努力，以及艺术素养和文化积累的全面与深厚。同时也从另一个角度反衬出相声艺术的新生代们尽管也很努力且创演踊跃，但论其艺术功力与舞台魅力，尚且无法跟上乃至超越姜昆等前辈。记得姜昆前些年面对媒体时，曾不无欣慰地多次宣称，相声艺术"已经完成了新老交替的世代接力"。但上述种种事实无不表明，他的这种判断与宣示，鼓励的成分远远大于实际的考量。

那么，怎样才算是完成相声艺术的世代交替，或者说实现北京相声的新老接力呢？要更好地回答这个问题，光有古道热肠的侠肝义胆，或是热情鼓劲的长者"厚道"还不行，而是首先需要有敢于直面现状的责任担当以及严格要求同行的前辈"地道"才对。姜昆在距他宣告相声界完成世代交替后不久，又再次登上央视春晚的大型舞台，一方面说明他的宝刀不老和影响深远，另一方面也不无遗憾地表明，能够替代他及老一辈同行艺术家的新生代相声新人依然十分匮乏。即便是那些登上了央视春晚的相声新秀，从其新作的质量和反响去看，真正能够赶上乃至超越姜昆及其节目水平的，坦率地说，尚且没有。

为了探究其中的原因，还是让我们回到作品本身。《新虎口遐想》之所以受到普遍赞誉，源自作品的内容和节目的形式达到了有机的统一，思想性和艺术性达到了较高的水准。具体而言，首先是作品本身的话题涉猎及思想立意触碰到了观众的神经，引发了深切的共鸣。这从节目所蕴含的一连串足以引发观众笑声与思考的情节及包袱中可以洞见：同是掉入老虎洞，三十年前的人们是往洞里丢拐棍和水果刀，解腰带和裙带设法救人。三十年后的小伙子却不敢轻易搭救，担心被讹诈成是自己把人推下去的，而"跟我爸爸说不清楚"；更多的人则忙着拍照片、发微信、求关注、引点

赞,就是不急于去报警;即便报警了,也因为"你掉这时候不对!晚高峰!车都在半道堵着哪";记者们闻讯赶来后,也不是将报道着眼于救人,而是架起"长枪短炮",匪夷所思地要老虎洞里的人在镜头前"给全国人民拜个年";更有甚者,如那些热心网络直播的人,还在现场进行有奖问答,并口口声声地"感谢刷屏";好不容易推选出个"明白人"现场指导施救,支的着儿却是让掉老虎洞里的人进行"自救",办法是模拟公虎向发情期的母虎"发信号",这当然不可行;接下来的"外部施救"法,是发动群众往下扔绳子去"套","套上谁是谁",全然没有章法;而当老虎洞中人蓦然发现自己也带了手机并想求救时,平时横遭诈骗电话骚扰的他,此时却发现手机没了信号;请人找动物园园长索要这里的 WiFi 密码,也被告知"时间不对",园长"贪污老虎伙食费","昨天晚上让检察机关带走了";眼看着就要被伙食没有保障的老虎用来果腹,这位三十年前曾经许诺要给老虎的爸爸找对象,却在出来之后只顾自己恋爱结婚而无暇兑现承诺的"失信者",又以三十年前自己"细皮嫩肉"属于"绿色食品",而今天"各种各样的添加剂没少吃","假酒没少喝","家装的有毒气体没少吸","吃我就等于吃毒药"为由,来威胁和阻吓老虎,孰料已被驯化的老虎不仅不吃他,反而转身进洞,喊也喊不出来了;结尾的"底"包袱是:主人公见此反倒来了劲,高调地宣称老虎"不敢出来"是因为现在"苍蝇、老虎一起打"。可以看出,《新虎口遐想》与三十年前的《虎口遐想》在内容上并无什么直接的关联,只不过是借了个方便的"旧壳",来盛装新鲜的"话题",并在三十年间社会人心的新旧对比及世态描摹中,顺势抛出了诸如诚信、责任、堵车、娱乐、贪腐、食品安全、环境污染等困扰当今时代的头疼话题,揭露并讽刺了麻木、冷漠、无聊、围观、集体无意识和缺乏诚信与责任等当今随处可见又令人忧虑的不良社会心理及各种丑陋习气。正如有人指出的:《新虎口遐想》"不只涉及反腐,更对社会当下较普遍存在的'围观心态'进行了鞭挞",既讥刺了贪腐,又警示了网红,更呼唤着诚信,也提醒着责任。篇幅尽管精短,思想却十分丰赡。尤其是那句多次出现的"时间(候)不对"的提示性话语,更是蕴含着耐人寻味的思考空间,似在不断地提醒和启迪观众:到底是"时间不对",人心不古?还是时空依然,人心错乱?以此促使我们做进一步的思考:同样是有人掉入老虎洞中,三十年的光景过去了,人们的思想方法与行为方式发生了许多变化,可某些心灵状态与精神底色似乎变化不大,甚至更趋麻木以致愈加灰暗,这能不令人痛惜、警醒和反思吗?这种借助荒诞手法对当今中国世道人心所做的思辨考问,不正是相声艺术最为独特的美学价值吗?姜昆与他的合作者于此奉献给广大观众的,不仅仅是一段优秀的相声作品,更是一种促人思考的济世情怀。

　　同时,《新虎口遐想》的艺术构思及舞台表演也值得总结。既借力过去、观照当下,又虚实相衬、机巧灵动;让人在回想与对比中扩展审美的视野,并在联想与共鸣中扩展思考的空间。尽管是在央视春晚的舞台,又有十分严苛的时长限定,节目的容量因此受到极大的挤压,但构思的巧妙和说表的挥洒,一定程度上缓解了表达的局促与节奏的紧巴。而靠"救人"线索贯穿并勾勒出的世相百态,又使那些看似互不搭界的种种现象有机汇集,形散而神聚,举一而反三。节目的信息量由此而丰富起来,艺术的张力也随之以几何级数增长。跳跃性的思维和点染性的表达互为表里:不强调情节的紧凑与连贯,只注重话题的鲜明与衔接。许多立意和思想无须详细展开,仅仅借助一句话或者一个词语的提示与点拨,便可触及听众的神经,引发思想的共鸣。其间,既有作者与演员的默契和创造,又有对观众的尊重与信任,从而才能在艺术效果上使创演者的"初心"和观演者的"会意"达成一致,"推销"自己也"点燃"观众。而说演叙述的节奏把握,包括语气口吻、轻重缓急、语流语速、逻辑重音,都十分讲究且拿捏精准,展现出老艺术家驾驭舞台效果和调动观众情绪的老到。至于挥洒表达的跳跃思

维,逗捧往往还形成有机拉升,更使对现实的观照顺手拈来,对世相的讥刺针针见血。"虎口"之外,更值得"遐想"。正是这种从题材、主题、人物、形象到形式,再到技巧、语言、节奏各个方面的审美选择和艺术契合,才使仅十一分钟的精短节目,听来解渴,又觉意犹未尽,甚至有些余音绕梁。凡此均使《新虎口遐想》较之当下的许多相声节目,拥有了获得成功的优势:一是路子正,二是思想深,三是艺术精。

再放眼周遭许多所谓的相声创演,虽然动静很大,但是精品稀少,"光听楼梯响,不见人下来"。个中缘由,值得深思。其中最为深层的根由,就是态度浮躁,思想贫乏,技巧手法老套,语言刻板陈旧。而艺术修养的严重不足与业态伦理的紊乱,更加重了这种危机,也强化着这样的痼疾。修养不足是因为忙于挣钱而疏于修炼,业态扭曲则源于侧重表演而轻视创作;同时又缺乏继承,不知道如何创新;结果当然是既颠倒因果,又乱了本末。解药正如习近平总书记所说:"文艺要赢得人民认可,花拳绣腿不行,投机取巧不行,沽名钓誉不行,自我炒作不行,'大花轿,人抬人'也不行。"唯一的办法,就是静下心来,潜心创作,写好曲本,抓住根本;有了好的脚本,再去进行排演,依据内容表达,组织包袱语言。缺生活必然少思想,乏内涵必定瘪形式,这是自然而然的道理,无须老生常谈。可惜许多同行静不下心来学习和思考,更不愿意吃苦去修炼,当然也极少在观摩和钻研前辈经典的过程中汲取经验和养料,成就自身和相声艺术。出现艺术传统的断裂和创演水平的沉沦,便是不言自明的事。而包括相声及整个曲艺在内的文艺的繁荣与发展,说到底,不是靠耍小聪明蒙出来的,也不是亦步亦趋模仿来的,而是要靠扎扎实实的创演磨砺并推出精品力作干出来的!抄袭模仿、千篇一律的问题,机械化生产、快餐式消费的问题,也是相声创演的大敌。须知数量固然重要,质量永远第一!曹雪芹的《红楼梦》不过是未完成的"半部之作",但其艺术水准与思想内涵却让后人难以超越;巴黎圣母院作为宗教建筑，也是没有完成的"残缺"之作，同样不影响其文化价值与艺术地位。这些略显极端的例证表明，包括相声在内的一切艺术的创演成就和繁荣标准，最主要的不是外在的形式与数量，而是内在的品质与思想。就像习近平总书记在 2014 年 10 月 15 日主持召开文艺工作座谈会时的讲话中所说的："推动文艺繁荣发展，最根本的是要创作生产出无愧于我们这个伟大民族、伟大时代的优秀作品。没有优秀作品，其他事情搞得再热闹、再花哨，那也只是表面文章，是不能真正深入人民精神世界的，是不能触及人的灵魂、引起人民思想共鸣的。文艺工作者应该牢记，创作是自己的中心任务，作品是自己的立身之本，要静下心来、精益求精搞创作，把最好的精神食粮奉献给人民。"姜昆通过《新虎口遐想》的创演实践取得的新辉煌，就是用高品质的作品推动相声繁荣发展的最新例证。一切有理想有抱负的业界同仁，尤其是肩负着繁荣发展相声艺术历史重任的新生代们，不妨将之作为砥砺自身的新支点和努力超越的新标杆。

（吴文科，中国艺术研究院曲艺研究所所长。）

大陆相声名家姜昆、李金斗与台湾"戏剧之父"赖声川
导演和曲艺演员在台北出席"相声研讨会"。

以"虎口"浅析姜昆的艺术观

○高玉琮

2017 年中央电视台春节联欢晚会推出了姜昆的《新虎口遐想》，反响极为强烈，与姜昆于 1987 年在央视春晚表演的《虎口遐想》相比较，毫不逊色。相隔了三十年之久，演绎同一个题材的作品，作品间有所关联，内容上实现了与时俱进。这让作为观众的我们可以从中"聆听"姜昆的艺术观。

姜昆是位演员，相声演员，也就是一位相声的演绎者。

相声是逗笑的艺术，自诞生至今近两百年，逗笑了无数观众，更是出现了许多被称为"表演艺术家"的演员。但是，须知在相声发展的历史上，这种艺术的演绎者数量之多是难以统计的，而真正可以被称为"表演艺术家"的却并不多。如今，相声的表演者成千上万，又有多少名副其实的艺术家呢？实事求是地说，在全国也是屈指可数的。所谓的"表演艺术家"太多了，但实际上这是对真正艺术家的亵渎。相声演员欲取得成功，与其天赋及后天努力有关，更关键的则是其艺术观在起作用。每一位真正的艺术家都有自己的艺术观，也正是艺术观的形成才造就了艺术家，还因为每一位艺术家有着自身独特的艺术观，才使其有了不同的表演风格，才有了相声艺术百花园的姹紫嫣红。

姜昆被称为"表演艺术家",是在他表演了《如此照相》等作品之后。著名曲艺理论家刘梓钰先生曾撰写论文《演员姜昆论》,对姜昆的表演做了恰如其分的分析,并认为姜昆是一位"表演艺术家"。确实,姜昆是一位名副其实的艺术家。笔者认为,那个时期正是姜昆的艺术观形成的肇始。而在姜昆表演了《电梯奇遇》《特大新闻》等作品,尤其是《虎口遐想》之后,他的艺术观也逐渐明晰。

剖析"艺术观"一词,可分解为"艺术"和"观"。

艺术是什么?至今还没有一个统一的定义。

一般认为,艺术是综合人们的认识、情感、理想、意识等心理活动的有机产物,艺术是现实生活和人们精神世界的形象表现。具体来说,对于"艺术"的定义主要有三种:第一种是客观精神说,认为艺术就是一种观念,是一种绝对精神,艺术世界是不真实的,它只是把现实世界用感性形式表现出来;第二种是主观精神说,认为艺术是自我意识的表现,纯粹是艺术家们创造出来的东西,与社会、现实毫无关系,它建立在主观唯心主义的思想观上;第三种是模仿说,认为艺术来源于生活,是对生活的再现。

观,即对艺术的看法,也就是观点。

毋庸置疑,任何一位艺术家的艺术观的形成都不是一蹴而就的,侯宝林、马三立、马季等大师级艺术家如此,姜昆也不例外,其艺术观的形成同样经历了一个过程。1979年,姜昆与李文华合作创作、表演了相声《如此照相》,大胆地对"文革"中流布甚广的形式主义进行了尖锐的讽刺,在社会上引起了强烈反响,使他名震全国。同年10月,他以中国曲艺家协会最年轻(二十九岁)的理事的身份,当选为"文革"后的全国文代会代表,参加了具有历史意义的第四届文代会。笔者认为,或许那时的姜昆还无法从艺术观上真正地认识自己。但是,相声,就其本质来说是一种艺术形式。对姜昆来说,相声这种艺术既是一种实践形式,也是一种反映形式。他大半生所从事的就是用艺术的方式去反映社会、反映生活的实践活动，这既可以用"主观精神说"，也可以用"模仿说"进行诠释。也正因此，姜昆对于艺术的认识，是和他的价值判断紧紧联系在一起的。他对于艺术的观点，正是价值因素、实践因素、反映方式、艺术方式等多方面的有机联系体。而这一切就是他进行艺术实践的基本前提，是他的价值观，也是他在艺术实践中的方法论。

姜昆自幼热爱文艺，在校期间曾任学生会文艺部部长。1968年上山下乡，在黑龙江生产建设兵团，他又成为建设兵团的一名文艺骨干。1976年，姜昆与师胜杰合作，代表黑龙江参加全国曲艺调演，表演相声《林海红鹰》。因为激情洋溢，表演清新，而获得侯宝林、马季等相声名家的认可，他被调入中央广播说唱团工作。后拜马季为师，成为马季的大弟子。姜昆虽不是相声世家出身，但他对相声艺术的热爱和执着，表现出来的就是他的"观"。"观"是看法、观点，而热爱和执着就是他对相声艺术最具体的"观"。通过不断的艺术实践，真正地把"艺术"与"观"结合在一起，使其成为"艺术观"，这对于一名真正的艺术家来说，或许需要一生的领悟与实践。姜昆则用实际行动说"不"，在三十七岁那年，他走出了一条艺术实践的新路——他与文人梁左相结合，创作新相声，为相声艺术包括创作与表演开拓出一种崭新的表现手法。

演员与文人相结合，这在中国相声史上早有先例，但是，成功的仅有一例，即马三立与何迟的合作，马三立表演了何迟创作的《买猴儿》《开会迷》《统一病》，其中《买猴儿》最具代表性。之后，姜昆与梁左的结合是继承，也是创新。所谓继承，是对文人与演员的合作传统的继承；所谓创新，是创作手法及作品内容的创新。《买猴儿》讲述了采购员竟把买"猴牌"肥皂当成了"买猴儿"，完全可以用荒诞不经来形容。而《虎口遐想》较之《买猴儿》，在荒诞不经上则有过之而无不及。

众人评点

对"荒诞不经"一词进行分解：荒诞——荒唐、离奇；不经——言论荒谬、不合情理。

确实，荒诞不经是个贬义词。然而，在创作上，荒诞不但代表着怪诞的表现形式，而且还具有审美意向的象征性。对此，戏剧表现得更早，很多剧作家在20世纪20年代超现实主义文学的影响下，特别是在阿尔托理论的影响下，完全打破了传统戏剧的写作手法，创作出一批从内容到形式都别开生面的剧目，以塞缪尔·贝克特的《等待戈多》最具代表性，可谓典型的荒诞派代表作。而在相声创作上，《买猴儿》可谓荒诞，然而《虎口遐想》更为荒诞。笔者认为，尽管在传统相声中也有一些荒诞的作品，以单口相声为例，有《山东斗法》《连升三级》等，但多是以巧合等手段制造包袱，而所谓的荒诞只是体现在表现手法上。至于新相声《虎口遐想》和之前的《买猴儿》，可以被称为相声艺术的"荒诞派"作品，而且是"荒诞派相声"的开山之作。

尤其是《虎口遐想》，选材怪诞，结构巧妙，结合现实，包袱十足，堪称时代的经典作品。

姜昆选择与梁左这样的文人合作，笔者认为，这并非是姜昆的突发奇想，而是早就有意为之。当时，相声已接近尴尬的边缘，为了扭转不利局面，突破相声创作的瓶颈，姜昆就必须做出改变。当然，姜昆所进行的是艺术的又一次实践，而这一次的实践行动，正式确立了他的艺术观。

三十年后，姜昆又推出了《新虎口遐想》。两相比较，应该说各有所长。但是，较之老作品，《新虎口遐想》将姜昆的艺术观表现得更加充分，堪称完美。其原因是：

首先，艺术观的重要内容之一是艺术必须随着时代的发展而发展，即与时俱进。真正的艺术应该表现时代，为时代服务，换言之，是为生活在这一时代的人们服务，自然就是表现生活在这一时代的人。《新虎口遐想》

的入活就已告知听众,上次"我"掉进老虎洞,上边的人想方设法地施救,而这次"我"掉进老虎洞,则是:

姜　真掉下去了？三十年前我掉到老虎洞里,那时候女同志解裙带,男同志解皮带,他往上救我。

戴　往上拽你。

姜　这三十年后我又掉下去了,来的人不少,我看,怎么没人解皮带呀？

戴　今天人都干吗呢？

姜　全拿手机给我拍照呢！

戴　腾不出手来呀。姜昆,知道干吗给你照相吗？发微信、朋友圈啊！

姜　是,还嚷哪:"哎！姜昆姜昆,转过身来,摆个Pose！"(边说边做动作)

戴　嘿,来个姿势。

姜　"噌"一下就发出去了(举手机做留言动作):"哥们儿哥们儿快看嘿,姜昆又掉老虎洞里了！来,点个赞！"我掉老虎洞里,你点什么赞哪？

　　作为垫话,前后两次掉进老虎洞里,上边的人(暂且称为"观众")的态度截然不同:前者是救人第一,而后者则先要拍照发微信。所反映的不仅是人们心态的不同,更是时代的变化。其主体既含蓄又清晰,是抨击,是鞭挞,还是讽刺,把握得当,对于各种不利于早日实现中国梦而亟待解决的社会问题给予了揭露。如:

姜　上边儿说啦:"我们报警啦！"

戴　那怎么没看见救援的来呀？

姜　"你掉这时候不对！"

戴　什么时候？

姜　"晚高峰！"

戴　好嘛，把这茬儿还给忘了！

姜　"车都在半道堵着哪！"

短短几句台词，反映的是交通问题，而交通又是关系到千家万户的大问题。

再如，一个年轻的"观众"说："姜大爷，我特别想救你，但你这岁数我怕我把你救上来你说我给你推下去的，我跟我爸爸说不清楚！"只一句台词，又点出了一个看似小事，实则为今日一些人道德大滑坡的一个普遍存在的社会问题。这种点到为止又能引起听众思索的语言贯穿全段，衔接自然，且都有一定的"笑果"。

笔者注意到网络上对《新虎口遐想》的评论，有的人指出"底"不理想，认为"苍蝇、老虎一起打"不像是相声的"底"，而且政治性太强。对此，笔者觉得恰恰相反，这个"底"绝佳。因为好的"底"必须具备两个条件：一是应该是个"雷子"，即大包袱；二是能够突出主题。这个"底"恰恰如此。尤其是第二点，因为腐败是当前社会的一个大问题，在叙述揭露了种种其他社会问题后，将反腐放在"底"上，既是内容上的层层递进，又完全符合相声的创作规律，以"老虎不敢出来"做一番铺垫，而后再"抖"，这个"底"包袱既出乎意料，又在情理之中。

再有，称《新虎口遐想》为喜剧作品，没有错。但再进行一下深层次的剖析，其幽默成分是黑色的。"黑色幽默"为近年来文坛上的常用语，美国作家小库特·冯尼格认为，所谓的"黑色幽默"就是"大难临头时的幽默"。毋庸置疑，"黑色幽默"是在思想情绪方面将一些幽默的东西与"黑色"的东西相结合，并带有一定的悲剧性，它所包含的既有幽默，也有绝望。但是，"黑色"的东西被"幽默"得恰到好处，合乎情理，就会出现"寓哭于笑"

"悲喜交融"的效果。《新虎口遐想》中所反映的现实问题正是广大人民群众非常关注的问题,即"黑色"的东西,牵扯到无数人的切身利益。然而,姜昆在关注这样的问题时,是通过自嘲的手法和独特的个性对现实问题采取了嘲笑的态度,所引来的笑声是对丑恶现象的鞭挞和挖苦,同时也是姜昆的自我解嘲。

其实,在传统相声中,早就存在着一些含有喜剧因素的"黑色幽默"作品。如《改行》,讲的是当年诸多艺人因为所谓的"国丧"而被迫改行闹出的笑话。艺人改行既是悲惨的,也是荒谬的,这段相声说明了旧社会的黑暗。而那时的相声观众主要来自市民阶层,他们能够体会社会的黑暗,但也只能在笑后发出无可奈何的哀叹。而同是用"黑色幽默"处理的《新虎口遐想》则全然不同,姜昆作为演员,态度鲜明地指出了社会存在的问题,而其中最能说明问题的是"底"——"苍蝇、老虎一起打",这是相信一切社会问题都会被逐步解决,也是对党中央的最大信任。

此外,相声作为一种艺术形式,理所当然地要发挥其艺术功能。要体现其功能,作品就必须融思想性与艺术性为一体。纵观《新虎口遐想》,在娱乐、教化、认知和审美功能上的发挥几近极致。可以说这一作品在当今相声舞台上是极为罕见的,也就显得弥足珍贵。姜昆的艺术观早在三十年前《虎口遐想》的时期就已形成。今日之所以又出现这一作品,是他"而今迈步从头越"的表现,是他的艺术观更加明确、充实的体现。一个演员的艺术观决定着他在艺术道路上所走的每一步。姜昆就是姜昆,包括他的方法论、价值观和艺术观,是无法复制的。姜昆在演艺方面所走的道路脚踏实地,坚实有力,也理所当然地会在相声史上留下辉煌的一页。

（高玉琮,天津市艺术研究所研究员。）

姜昆与李文华合说相声《如此照相》,摄于 1979 年。

坚守健康、纯正的说唱文学传统

——相声《新虎口遐想》带给我的"遐想"

○孙立生

已想不起从哪年开始,央视春晚成了中国百姓翘首以待的文化大餐,而其中的相声等语言类节目,由于一次超越一次地把观众的胃口吊得太高,所以渐渐成了费力不讨好的菜肴。2017年除夕之夜,尽管身边几位等着连续不断捧腹大笑的年轻家人依然不觉过瘾,但我的观点却与之不同,甚至心底还颇有些"惊喜":姜昆的相声新作《新虎口遐想》不仅有人有事儿、有情有趣儿,关键是格调健康,带着"今天相声"应有的正劲儿。画家吴冠中希望自己的画"群众点头,专家拍手",曲艺艺谚里有好相声"既打内又打外"之说,如今身边的几位年轻人面面相觑、似懂非懂,于是借着年夜饭的酒劲儿,以曲艺人的视角为他们开了一堂"鉴赏课":文学是所有艺术形式的底色。在《新虎口遐想》里,我看到了健康、纯正的说唱文学传统正在悄悄地回归——

说唱文学传统的家国情怀。在很多人眼里,笑料多是一段相声的成功标识,其实,用当年侯宝林大师的话说,相声有严肃相声和不严肃相声之分。2017年春晚,姜昆与搭档戴志诚合说的相声《新虎口遐想》,令人欢喜的同时,亦凸显了说唱文学传统的家国情怀。尽管其中涉及了"动物园园长因贪污老虎伙食费被调查"的内容,还以"苍蝇、老虎一起打"为"底",但大可

不必为它挂上"反腐相声"的标签。就作品整体性而言,我认为它最难能可贵的品质是"为中国老百姓代言",即恰到好处地体现了这些年来党中央与老百姓关注问题的"平衡点",诸如它婉转折射出的"对人民群众生存与生命的关注""保障食品安全""促进中华美德回归与建设""惩治贪污腐败""治理交通堵塞",等等,这些都是党中央近年来高度重视、老百姓十分关注的关系到国计民生的大事。所以,与其说姜昆的相声借用央视春晚的平台替老百姓代言,不如说央视将春晚平台提供给姜昆的相声,从而进一步体现与展示了党中央与全国人民对治理这些问题的信心与决心。众所周知,近年来许多相声、小品节目都在"深刻"之外徘徊。但从 2017 年春晚语言类节目中我们却欣喜地看到,作者力图提高作品的审美层次与文学品位。尤其是这段《新虎口遐想》,力求将故事情节的生动曲折、语言的幽默风趣、人物情感的跌宕起伏交织在一起,追求一种俗中见雅、喜中含悲、以小见大的艺术效果。更为难得的是,它的遐想不是姜昆自我的"胡思乱想",而是站在老百姓立场上的一种大情怀:虽是逗乐,也知道"位卑未敢忘忧国";让人开心,也没忘"国家兴亡,匹夫有责",体现了在民族复兴的伟大进程中文艺家的一种主动、积极担当的历史责任感和使命感。从另一个视角看,它更像一则相声体裁的警世寓言。它的成功得益于创作者清醒的文化自觉,即对相声艺术的来历、形成、发展过程及其具有的特色和它发展的趋向有较为清醒的认识——它是对侯宝林、马季新相声的"接着说"……1984 年夏天,在青岛全国相声评比座谈会上,我曾有幸听到侯宝林、马三立等相声大师面对诸多相声后辈的悉心叮咛,侯宝林当时说:"《北京晚报》的'笑林'专栏登了一段批评我们了,小孩不愿学相声,理由是'说相声得罪人,连姑姑、姨、大表姐都得骂我,因为相声把她们都骂了'……"马三立则提醒相声演员:"不能满足于当滑稽人,当滑稽人就谈不上让人有回味。相声要逗乐,但又不是单纯逗乐。"令人欣慰的是,2017 年春晚的相声与小品节目,恰是用"要

逗乐,但又不是单纯逗乐"的品质,与观众"不隔语,不隔音,更要紧的是不隔心",让人们在开心愉悦与咂摸回味中被打动。

说唱文学传统的传奇色彩。曲艺艺谚里有"无奇不传"之说。以特殊反映普遍、以具体反映抽象的方法,本是说唱文学的重要传统。相声《新虎口遐想》叙述的完全是不可能发生的奇人奇事,但正因为它的"传奇"揭示出了事物的本质规律,便使这种"不平常"成为刻画独具个性人物的点睛之笔。本来,成为全中国乃至世界华人家喻户晓之文化名人的现状,给姜昆张扬自己的艺术个性,继续在相声舞台上刻画、塑造"小人物"造成了很大被动。不承想智慧的姜昆竟然把曲艺的"跳进跳出"演绎得淋漓尽致,干脆把"假设性"敞开说,带着观众一起发现、探讨、对话三十年后的新遐想,从而极大地丰富了这段新相声的新奇性与观赏性。近年来,相声创作不尽如人意,除了作者、演员的浮躁等原因外,与其本身的创作难度也不无关系——难就难在它的故事要"峰转岭回,屡现奇观",难就难在它"拙中含巧,平中寓奇"的情节布局和"情理之中,意料之外"的思维与表现技巧……而最难的就是在顺应观众审美口味的同时,还要去提高大众的审美情趣。正如一位曲艺名家说的,说唱文学前有"种根",后有"关锁",结构严谨,说理透彻,细节生动,情节波折起伏,奇正相生,涉笔成趣,才有可能给观众以无尽的兴味。快板书大师李润杰生前曾把不会写作的曲艺家形象地比喻为"缺一条腿",这是一句金口玉言式的善意提醒。想来,相声《新虎口遐想》之所以受到春晚观众的欢迎,自然亦受益于它的演员也是作者,由此作品的创作与表演才可能相得益彰、相映成趣。

说唱文学传统的诗性演绎。说唱文学是诗性的家常话,令观众在家常话般的朴素语言里感受到声外有韵、弦外有音,所谓"能在浅处见才,方是文章高手"。2017年央视春晚,姜昆在《新虎口遐想》里有句台词:"你掉这时候不对——晚高峰!"或许,它仅仅是指"堵车"一件事,而我却"阴错阳差"地联想

到"雾霾"等中国改革开放近四十年来的诸多"新挑战"。我甚至还由此联想起了一位哲人的话:人生最要紧的不是你站在什么地方,而是你朝什么方向走。在今天这个危险与机遇并存的时代,你所拥有的已不再重要,你将拥有的才能证明你的价值。应该说,姜昆的这句话与以往某些相声刺激我的"歪想""想歪"等有着天壤之别。我们提倡、强调坚守健康、纯正的说唱文学传统,绝非是让相声走到说教化、概念化的路子上去,更不是放弃其大众化的品位去故作高雅,而是期待、呼唤雅俗共赏的深入浅出。好的相声都应如《新虎口遐想》,通过老百姓的"家长里短"张扬真善美,由此抵达"以小见大"的境界。"曲艺家的肚,杂货铺。"所谓"杂",不是卖翡翠、珍珠,而是卖与老百姓的生活息息相关的"针头线脑""油盐酱醋"。说起历史上优秀的说唱文学唱本,即使说的是皇帝,也是涉猎他的三宫六院、七十二嫔妃,即写他的情感世界——以此去诱发广大受众的情感共鸣。健康、纯正的说唱文学传统,从来都是通过具有诗性表达价值的好故事、家常话,给观众提供一种健康愉悦和有益启迪,让人们在享受与欣赏的过程中自己体验、补充、丰富和感悟。当年,马三立、侯宝林、马季等相声名家,因为坚持不断的学习和创新,留下了很多脍炙人口的作品。今天,虽然相声依然受众甚广,但从总体上来看却鲜有传世之作。真正好的作品,应当是从本质上去贴近人的生理和心理的需求,于潜移默化中让人获得一种振奋、一种发自内心的愉悦,而不是低俗的、一笑了之的快乐。没有不想写出好作品的作家,而平庸、低俗之作的泛滥,关键在于一些创作者不具备写出抵达"审美高境界"的好作品的能力和素养。

好的相声观众需要好的相声节目来培养。真高兴,姜昆与搭档戴志诚带着他们的相声新作《新虎口遐想》,点燃了我的希望,带给了我许多回味与遐想。

(孙立生,山东省曲艺家协会原主席。)

姜昆与唐杰忠在台北向中外记者介绍相声
艺术,并即席表演,摄于 1993 年。

"喜新恋旧"遐想多

——听姜昆《新虎口遐想》有感

○崔　琦

　　三十年前，在北京劳动人民文化宫，姜昆对我说："回头你听听我这新活，是一颗相声原子弹。"当时我觉得姜昆的话有点大，一段相声再怎么好，也不至于像原子弹呀！于是我听的时候就有了几分保留。二人上台，没一句废话，姜昆开门见山："唐杰忠同志，我问你个问题，你摔过跟头吗？"段子构思巧妙，手法新颖奇特，吸引我十分专注地把它听完。这个段子，确实在我的心理上产生了不小的冲击波，而且这股冲击波三十年来虽有衰减，但仍未消失殆尽，也没有被后来的好段子所淹没。这个段子，便是根据梁左先生的一篇小说改编的，由梁左、姜昆共同创作的经典相声——《虎口遐想》。

　　三十年前，人们提起姜昆和他的代表作，总离不开《如此照相》。自从有了《虎口遐想》后，"遐想"便逐渐替代了"照相"。尽管后来姜昆又创作了很多不错的段子，如《是我不是我》《着急》《我有点晕》《和谁说相声》……但始终未能有替代"遐想"者。毋庸置疑，《虎口遐想》是一段成功的、上乘的相声作品。

　　我听过"遐想"多次，也曾经多次遐想：这篇作品为什么能获得如此巨大的成功呢?

中华人民共和国成立以来,相声新作品出了不少,如《西行漫记》《夜行记》《昨天》《买猴儿》《牵牛记》《英雄小八路》《女队长》《友谊颂》《红梅》,等等。这些作品固然内容新、格调高,但还是觉得有些"中规中矩",能不能再有更大的突破呢?好,《虎口遐想》出现了,果然非同凡响!比起过去的段子,这个作品在结构上显得略胜一筹。其实,段子中所反映的一些社会现象也谈不上有什么惊天动地之处。梁左的高明之处,就是他为主人公(姜昆)设计了一个不可逃生的老虎洞,虎视眈眈之下,老虎的血盆大口分分钟就可以要了姜昆的小命儿。在这特定的环境中,姜昆平时一些很普通的想法、说法、做法,都会让人觉得不合逻辑和违反常规。比如姜昆说自己"个儿矮找不着对象",说自己"自由散漫、无组织无纪律",说今后"在单位听领导的话,在家里孝顺父母"等,这些话要搁平时,从谁嘴里说出来也不可乐,但搁在老虎洞里说,效果就不同了。又如,姜昆听到一个姑娘的叫喊,居然想入非非地问:"是不是说明这姑娘……对我有点儿意思?"性命之虞尚且悬而未决,还能有这个心思?自然令人忍俊不禁。这种结构相当新颖,不仅有"笑果",而且有悬念。当年我第一次听这个段子的时候,恰好京城"叫卖大王"臧鸿坐在我旁边,我们俩边听边议论。臧鸿是王长友先生的入室弟子,他说:"我估计这活的'底'是'晃亮子'(做梦)。"我说:"要那样可就不新鲜了。"结果呢,我们的猜想显然是囿于旧手法和老经验了。梁左的作品当然不会落入老活的窠臼,他没怎么费劲,就让姜昆合理地虎口脱险了,而且这儿还产生了一个新的包袱:"你说攀登珠穆朗玛峰,后边儿跟一大老虎,是不是是个人就上得去啊?"

总而言之,《虎口遐想》这个段子点子奇特,构思巧妙,手法新颖,一扫老相声段子的陈规,说它是一篇划时代的作品也不为过。

时隔不久,梁左又有一篇《电梯奇遇》问世。客观地说,这部上不来也

下不去的电梯,与"虎口"在载体上多少有雷同的感觉。而这一次,他仍从结构上入手,这当然比一般的掰扯文字,从字面上找包袱要高明多了。梁左还有一个作品《小偷公司》,我说,只要有了这样一个想法,作品就成功了一半。老相声有段《贼说话》,贼是不能说话的,可梁左居然让小偷开了公司! 在这样一个不正常的环境中,越是正常话、正经话,越能产生喜剧效果。拙作《相声"三字经"》中有"好相声,讲结构,切不可,语言凑。找笑料,别现贴,最可取,肉中噱"这样的句子,就是受《虎口遐想》《电梯奇遇》《小偷公司》这三段相声的启发而做的总结。这里,我说的是梁左,其实这三个段子都是梁左与姜昆合作的精品。梁左对姜昆说:"因为你懂相声,我不懂相声,所以我们能够走到一起!"姜昆则评价梁左是一位"不可替代的相声作家"。

不幸的是,梁左的英年早逝,使姜昆和《我爱我家》的观众都失去了一位令人怀念的喜剧作家。

所以,一直等了三十年,姜昆的又一佳作《新虎口遐想》才姗姗而来。

《新虎口遐想》的出现,似没有老《虎口遐想》那样的轰动,道理也很简单,"新遐想"毕竟是建立在"老遐想"的基础上的嘛!

然而,让我多少有点意外的是,《新虎口遐想》播出之后,却也得到了不少人的称赞和追捧。因为写这篇小文,需要把新、老"遐想"做个比较,我又重新审视了一下《新虎口遐想》的视频和文本。看过之后我明白了,为什么人们对新的"遐想"依旧欢迎? 还是同一个姜昆,还是原来那个老虎洞,"新遐想"成功在一个"新"字上。老虎近在咫尺,性命危在旦夕,看一看姜昆这一次向我们传达了什么样的信息吧:这一次面对亟待解救的姜昆,女的不解裙带,男的不解腰带,而是纷纷拿手机拍照、发微信、发朋友圈……按说,这样的场景,实在没有什么好笑的,不信只要你一走出家门……嘿! 干吗还走出家门呀? 家里只要有人,准会看见大人孩子在看手机、发微信,这现象

已经成了当今中国社会的一景了,说起来观众当然会产生共鸣。不信您到现场看一看,就是姜昆、戴志诚在说这段相声的时候,照相的观众也绝不会是一两位。这还不算,老虎洞上方,现场观众不是想办法救人,而是让姜昆摆个 Pose,拍照发朋友圈求点赞!这情形有点像黑色幽默。紧接着,救援车赶上了晚高峰。小伙子说:"你这岁数我怕我把你救上来你说我给你推下去的……"各类媒体记者全来了,长枪短炮对准姜昆问:"你幸福吗?"①这样的话并没有太夸张,在生活中有原型。在一个火灾现场,有记者曾这样问家中着火的居民:"您现在心情怎么样?"这位居民也对得起记者:"我心情怎么样?我开心!我高兴!""新遐想"中还有更离谱的,姜昆能不能救上来?怎么救上来?让观众扫二维码,搞网上有奖问答!什么 WiFi、家装污染、假酒、食品添加剂、专家胡出主意、动物园园长贪污动物伙食费……包罗万象的信息传递是《新虎口遐想》的一大特色。这个段子的成功还在于作品太接地气了,演员太有生活了。这个段子为什么受欢迎?我以为是作品让演员很好地起到了观众代言人的作用。广大人民群众对当下的不良社会现象不满意、有意见,也想一吐胸中的块垒,苦于没有机会,如对某些伪"专家"、外行"专家",群众就颇有微词,段子中演员对那些所谓的"专家"进行了巧妙的揶揄和讽刺,观众听了会觉得解渴、解气,愿意为这样的作品和演员"点赞"。

　　作为《虎口遐想》的续集或改编本,我以为《新虎口遐想》是成功的,作者对此也是下了功夫,花了大力气的。那么,这样的创作模式可不可以作为一种经验加以复制和推广呢?窃以为是不可行的。前面提到的三个作品,虽然作者都是想了一个巧妙的载体,但却很难再写一个《新电梯奇遇》和《新小偷公司》,恐怕再写一个《骗子公司》也很难。也许我的想法过

---

① 台词出自非春晚演出版本。

于保守,现在有不少青年相声才俊,他们都很优秀,思想活跃,创造力不可低估。

其实,这种旧活翻新的尝试五十年前就有。记得我初中时曾在西单第二游艺社听过老演员丁玉鹏先生的《新八扇屏》,其中有一番"乡下人",甲说乙:"什么?你敢比乡下人?你也配!我说说,你听听……"然后用大段"贯口"讲述了董存瑞舍身炸碉堡的故事。只是这种翻新模式并未得到推广。

让我们把话题拉回到新、老"遐想"上来。

有人觉得,还是三十年前的《虎口遐想》好;也有人说《新虎口遐想》好,一是新,二是信息量大,三是正能量突出,你看,就连"底"——"苍蝇、老虎一起打"——也紧紧扣住了时代的脉搏,而"老遐想"只停留在"一青工游园时不幸被老虎叼走"这个层面上。

我觉得吧,《新虎口遐想》写得真不错,演得很成功,但很难说超过了老的《虎口遐想》,一个关键点是"新遐想"没有在结构上有质的突破,还是利用了"老遐想"设计的特殊环境,如果离开了"老虎洞"这一载体,"新遐想"就会失去应有的精彩。从这个意义上来说,"新遐想"是借了"老遐想"的力——有了这样的想法,于是就发了如上"喜新恋旧"的感想。

(崔琦,北京市曲艺家协会副主席。)

1977年，马季带领姜昆在煤矿深入
生活，摄于内蒙古乌海煤矿。

我们为什么说相声

——从艺术传播学角度看新老《虎口遐想》的本体呈现

○鲍震培

一、相声艺术传播的本体特征

（一）树立演员是艺术"守门人"的意识

当下，文化传承与传播已经成为我们这个时代文化发展的主题，文化传播有本体传播和大众传播两种途径，而相声等传统艺术形式的传播路径大多是侧重本体传播的。艺术理论认为艺术作品的本体特征体现为政治性、审美性、伦理性和娱乐性，这四个特征也应该是相声艺术所固有的本体特征，它们是同等重要的，需要兼顾的。但是自诞生以来，相声苦苦挣扎于生存底层的江湖，这使得它在艺术逻辑与市场逻辑的博弈过程中，往往有舍弃政治性、伦理性、审美性而单纯讲求娱乐性的变异。作为艺术传播者的演员、导演、画家等艺术家们首先是艺术创造者，没有艺术创造者就不可能有艺术作品，更谈不上艺术传播。但是艺术作品的创造要符合真善美的标准，艺术家同时是"守门人"（Gatekeeper）①或"把关人"，肩负着传

---

① "守门人"理论最早是由社会心理学家库尔特·勒温（Kurt Lewin）于1943年提出的。传播者担负着对信息进行选择、加工、传输的职能，扮演着"守门人"的角色。

播者的社会责任，艺术"守门人"应该永远站在社会道德的前沿，为大众传播健康有益的艺术品。相声演员在相声传播中的本体强势是演员参与创作或者二度创作带来的，他们在舞台上的呈现与戏剧、影视艺术的呈现情况不尽相同。应该树立相声的本体是演员的意识，或者可以说相声是演员的艺术，当相声演员站在舞台上第一次说一段相声时，其艺术呈现就造成了相声作品的首次传播。"艺术传播者只有具备较高的艺术素质和美学修养，才能把真正有审美价值、有社会意义的艺术信息传播到社会，从而促进艺术生产的发展与繁荣。"[1]传播的本体——相声演员的态度、温度决定了相声的语言风貌，他们的艺术素养和对艺术的追求决定了相声的品位，他们对时代与社会的理解和情感诉求决定了相声的内涵。相声本体传播的是符合时代要求的价值观，传播的是有益身心健康的笑声，传播的是人民群众的情感和心声。扭曲的不正确的传播本体就会传播不正确的价值观、不健康的笑声和低下的品位诉求。姜昆说："艺术品位取决于素质。"[2]马季说："我太喜欢相声了，但是我太讨厌这支队伍了。"这句"扎心"的话从一个侧面说明了相声本体在传承和传播这门艺术的过程中具有特别的重要性。

（二）影响传播效果的因素

艺术呈现的有效性，除了本体对本体特征的把握和选择，也就是态度的原则外，还要有效度的原则。艺术传播理论认为，创造是一切艺术作品的起点，而创造是为了受众服务的，受众的接受包括消费、鉴赏和批评是艺术活动的终点，本体传播是连接起点和终点的重要桥梁，它既是艺术活动本身，也是艺术本体的行为。过去的研究对这个环节比较忽略，或是和创作混为一谈，对相声演员的艺术呈现研究不够。在传播效果方面，艺术传播者的知名度高低、传播平台的可靠度与对受众的影响程度成正比，演

众人评点

---

① 宋建林：《艺术传播的要素及其互动过程》，《美与时代》，2009 年第 3 期。
② 姜昆：《马季老师给我的思考》，中国文联出版社，2014 年，第 178 页。

员的知名度越高,传播平台越具影响力,艺术作品的效果越好。

新老《虎口遐想》本体传播的共同性主要体现在:传播本体为相声表演艺术家姜昆,是春晚的资深演员,中国当代相声表演艺术家中的翘楚。传播平台为中央电视台春节联欢晚会,这是一个影响十几亿人的具有超大影响力的顶尖平台。传播影响力指数高也是新老《虎口遐想》成为相声艺术经典的原因之一。

表 1.新老《虎口遐想》传播影响力

节目	传播时间	传播本体	传播平台	持续传播（至今）	其他传播形式
《虎口遐想》	1987 年	姜昆 唐杰忠	央视春晚	30 年	网络视频 广播 评论 书籍
《新虎口遐想》	2017 年	姜昆 戴志诚	央视春晚	1 年	网络视频 广播 评论 书籍

越是高端的平台,传播的范围越广,影响越大,对传播本体的要求也就越高,对"说什么"和"不说什么"的限制越多,相声的文学性、艺术性等美学特质的呈现也越受到重视,这是艺术传播规律所决定的,并不以个人意志为转移。所以说春晚相声是"戴着镣铐跳舞"一点不为过,但其中产生的精品也确实是体现艺术真善美价值的上乘之作,新老《虎口遐想》都是其中的佼佼者。

二、真实与新质的呈现

(一)荒诞中的真实和真实中的荒诞

演员作为艺术本体,要呈现一个好的作品,首先要做到真实,只有真实的作品才有生命,才会有艺术感染力;缺乏真实性的作品,如同没有灵

魂的躯壳,不会引起受众的共鸣,更谈不上作品的价值和传播效果。然而艺术的"陌生化"效果需要一定的独特性,其真实性的呈现并不是照搬生活的原貌,而是从生活中提炼出高于生活的艺术真实,达到情理之中意料之外的效果,实现艺术家对艺术新质的追求。

感谢梁左、姜昆初始化了《虎口遐想》这样一个荒诞而美丽的寓言。喜剧有时需要制造一种极端的人类生存状态下的语境来看世态炎凉人情冷暖。"掉老虎洞"的场景表面上是荒诞的,但从日常生活的层面看,人们"掉到老虎洞"的可能性不是没有,甚至是真实存在的(2017年发生在南方某动物园的悲惨新闻事件经常被评论者提及)。星期天动物园里参观动物的人很多,人们时常为了满足好奇心而挤到前面,但同时又心生胆怯,有时也会生出"万一掉下去怎么办"的联想。梁左和姜昆抓住了这个生活中真实而有趣的语境,发挥大胆而合理的想象,呈现、表达和传播了三十年前那个时代人们的所思所想;三十年后,姜昆又一次发挥合理想象,呈现、表达和传播了当下人们的情感诉求和社会关注焦点。

1987年创作的《虎口遐想》的整个框架和前提显得更为荒诞,但所反映的人物形象和情感却是真实的。文学小说或影视作品无一不是虚构的,但是为什么人们明知是假的却还要阅读观看呢?姜昆在一篇文章里说:"因为它编得好,跟老虎待一块儿一个人瞎琢磨呢,什么事都想,所以让大家听了之后产生兴趣。""说他身边的事情,很贴近他的。我们现在有很多的相声演员所演的相声编的故事不知道发生在哪儿,不知道有没有可能发生,有时候编得太荒诞……缺乏了从真实基础上的提炼,结果光荒诞了不真实……"①艺术真实的奥妙在于是否塑造了活生生的人物形象和真情实感。知乎网站上一位名为"爱说话的孔老师"的网友有一段评价:"老版的《虎口遐想》也

① 姜昆:《马季老师给我的思考》,中国文联出版社,2014年,第199页。

用了大量篇幅描绘了一帮看热闹不嫌事儿大并且不懂瞎帮忙的围观群众。可这段相声的核心却是这个故事的主角：一个会把自己掉老虎洞的起因归结于没找到对象，掉下去不先想脱身的办法反而去关心能不能得到抚恤金，在求救的当口儿还不忘勾搭漂亮姑娘的男青年。正是因为姜昆对这种充满幻想爱吹牛，贫嘴又有些胆小怕事的男青年的成功演绎，《虎口遐想》才成为一段传世的佳作。"艺术接受者是传播过程中的重要环节，是传播效果的显示器，这位观众对于《虎口遐想》的理解和赞扬非常具有代表性。

时隔三十年后，《新虎口遐想》作为续篇，在内容选择上与老版形成"互文"。一上来便借捧哏之口告诉观众再次掉下老虎洞是假设的，所以具有明确的荒诞性。但随后甲的遭遇几乎全是现实中人们所遇到的问题，如交通堵塞、人与人之间缺少诚信、无良媒体、盲目娱乐、腐败现象、专家有名无实、环境污染、食品安全问题，等等，现实性非常强，个体的生活与社会的公害、弊病紧密联系在一起，除了"求偶信号"和给老虎道歉还依稀有当初"时代青年"好色性格的一点痕迹外，个人的苦恼诉求已经转为了社会问题的诉求，这也反映了三十年过后社会发展给人们带来的困惑，科技的发展、经济的发达并不能直接带来社会文明的进步和道德的提升，所以迫切需要相声来针砭时弊，为人民群众发声。作为传播本体的演员负起美育引导的责任，所呈现的价值观与社会公众共同的价值观发生了共鸣，从而达到积极健康的传播效果。从本体传播的角度看，"为什么说相声"，创作的心迹是非常彰明的，转化为传播的意图，引发受众的共鸣，达到传播大众内心诉求的目的。

（二）《虎口遐想》的"随心所欲不逾矩"

有了真实性只是第一步，艺术要实现创新，就要在真实性的基础上追求本体新质，没有新质就没有传播。要超越前人，要超越自己，要跳出框框，要去掉拖累，要走出堵死的路，谈何容易！姜昆多年来在这方面进行了"路漫漫其修远兮""上下而求索"的艰苦思考，他说："曲艺的创新不是异

想天开、胡涂乱抹,而是一种随心所欲不逾矩的境界……要在保持曲艺艺术本体属性和精华的前提下,不断拓宽自身艺术门类的发展空间,增强吸纳能力和创造力。"[①]姜昆这段话说得相当精辟,"随心所欲不逾矩"既包括了艺术创新的强大变异性,又要求遵循艺术传承的规律性。

相声《虎口遐想》可以说是"随心所欲不逾矩"的完美呈现。如果以为《虎口遐想》不过是"脑洞大开"的随意之作,那就大错特错了,其布局和包袱确实是经过精心组织的。《虎口遐想》的包袱结构是开放式的,它有两条情节线,一条是掉老虎洞的"时代青年"(下页表2中的1到4),一条是上面的游客们(下页表2中的5),而且两条线有交集有互动。构成喜剧的兴奋点主要来自个体的日常生活。甲的身份是一个青年工人,小人物,但又是不只有"小目标"的"时代青年",而游客们千方百计地帮助他,解救他脱险,传播了当时"五讲四美"的正能量。形成笑点的手法以调侃和自嘲居多,也有微弱的星光点点般的讽刺,比如动物园管理员周末不上班、《动物保护法》的片面性、女青年嫌弃男青年个头矮的择偶标准等。在当时,《虎口遐想》非常独特的一点,也是它与之前的故事类相声的不同之处,在于它有意识地淡化了是非冲突或者无是非冲突。

既然掉下去,一时也上不来,索性就随心所欲地一路想下去。上面的游客们表现得很热心,很助人为乐,但是这种热心因为没有什么用,所以就是瞎帮忙,甚至是帮倒忙,比如拐棍扔的地方就在老虎身后面,"一二三"的口号喊得很嗨,甲唱的打老虎儿歌也有自嗨的成分。甲的种种自我调侃、自我解嘲、自我安慰,可谓浮想联翩,甚至奇思妙想、异想天开。但是它还是相声,形散而意不散,没有废话,一切思考都围绕着"我为什么会掉下去"和"如果我上不来会怎么样"这两个问题兜兜转转,一环扣一环地发

107

众人评点

---

① 姜昆:《马季老师给我的思考》,中国文联出版社,2014年,第78页。

展下去。直到姑娘智慧的喊声响起,漂亮姑娘的出现,凭着"美人救英雄"的逆袭幻想,被解救的甲捧着他心目中象征爱情的"香罗带"一步步向姑娘走去,画面定格在这充满喜感和温馨的一幕上。

表 2.《虎口遐想》的内在结构(肉中哝)

序号	无冲突之情节	笑点	意义
1	甲的自我调侃。	吓得声音都变了,管老虎叫"妈"; 正好是老虎一顿中午饭,给动物园省下了; 对上面看的人说,看过《武松打虎》的京戏吗?现在是实打实的; 想得不错,可腿站不起来了; 法制观念强,《动物保护法》规定打死老虎要判刑。	人物性格: 胆小、善良、乐观。
2	甲的反思:为什么自己这么倒霉?	算卦的说,二十八岁有一场大难; 埋怨妈妈把自己生得个头矮,找不到对象; 若有对象,星期天到丈母娘家干活儿; 可以逛公园,不会来动物园。	找不到对象的苦恼诉求; 讽刺女青年的择偶观。
3	甲的遐想:死后人们怎么说?	领导念悼词; 有没有抚恤金; 死后上报纸,成为反面典型; 叫电视台来拍摄,赚外汇做贡献。	有点爱虚荣、好面子。
4	甲和老虎"套瓷"。	我太瘦没肉,有个唐杰忠挺胖的; 你放我出去,我一定好好活着,干"四化",听领导的话,等等; 你不咬我,我保证也不咬你; 哥们儿出去以后给你介绍个母老虎。	滑稽、轻松的气氛。
5	有爱心的游客瞎帮忙。	有人打气:"哥们儿挺住!" 老大爷扔拐棍,大嫂扔水果刀; 扔烟的让他抽口烟提提精神; 扔砖头的让他踩着往上爬; 老大娘扔钢笔,说:"孩子,有什么话先写下来!" 年轻人组织喊口号:"一二三,打老虎!"	人们充满爱心,阳光活力。
6	甲被漂亮姑娘解救。	姑娘银铃般的声音:"把皮带解下来,拧成绳子把小伙子拽上来!" 看姑娘长得漂亮,幻想姑娘对自己有意思; 发美人救英雄的宏论; 上来后找裙带还姑娘。	赞美人长得美心灵也美的姑娘; 对爱情的憧憬。
7	底	他们不和我握手,都提着裤子呢!	助人为乐。

三、《新虎口遐想》的讽刺呈现

从成名作《如此照相》到《电梯奇遇》《特大新闻》《虎口遐想》《如此要求》等，姜昆在这些经典佳作中始终坚持讽刺是相声的基本原则。他在《跟深圳市民"说相声"》一文中指出："讽刺永远是相声最主要的生命线。"[①]《新虎口遐想》是姜昆文化自觉的理念在新时代召唤下的又一次可贵的实践，是一次有意识的回归。《新虎口遐想》在讽刺的广度、力度和效度上都超过了《虎口遐想》。

姜昆作为相声昆朋网的创始人，非常熟悉网络传播。因为新媒体具有贴近民生的时代感，最容易引起受众的共鸣，所以新相声的创作与传播也可以借鉴网络传播的"吐槽"模式。《新虎口遐想》通过甲掉老虎洞后的叙述，把"槽点"巧妙地转化为讽刺的"笑点"。

表 3.《新虎口遐想》讽刺的"槽点"与"笑点"

序号	槽点	笑点	与《虎口遐想》比较
1	看客的冷漠。	今天都腾不出手救我，全拿手机给我拍照呢； 发微信、朋友圈； 转过身来摆个 Pose，点个赞。	当年女同志解裙带，男同志解皮带。
2	交通拥堵。	报警电话打了，救援车没有来。为什么？掉这时候不对，晚高峰，车都堵半道上了。	
3	人与人之间缺乏诚信。	你这岁数我不敢救，万一救你上来你说是我把你推下去的，我跟我爸爸说不清楚。	三十年前我答应出去以后给你爸爸找一只母老虎，因为我这人诚信太差，把给老虎爸爸找对象这事给忘了。

① 姜昆：《马季老师给我的思考》，中国文联出版社，2014 年，第 209 页。

序号	槽点	笑点	与《虎口遐想》比较
4	记者无良，全民娱乐化。	掉下来没三分钟，记者全来了，问姜昆："你幸福吗？"（春晚版改为拜年）；主持人现场直播，姜昆能不能得救？怎么得救？欢迎网上竞猜，编辑短信或扫二维码参与互动，猜中者奖励动物园年票；自媒体手机直播，姜昆这次凶多吉少，拭目以待，感谢刷屏。	三十年前我盼望记者来，拍下老虎吃人的过程，卖给外国人赚外汇，算做贡献。
5	专家不切实际（春晚版改为"明白人"）。	专家组出了三十多个方案，最后研究出一条方法是"自救"，让姜昆模拟公虎向母虎发求偶信号；扔绳子，套着谁是谁。	
6	官员腐败。	动物园园长昨晚让检察机关带走了，因为贪污老虎伙食费。	
7	环境污染、食品安全问题等。	各种毒气没少吸，假酒没少喝，各种食品添加剂没少吃，你吃我等于吃毒药。	三十年前的我属于"绿色食品"。

这七个"槽点"（或笑点）中有的是老生常谈，但在相声里却所见不多，有的颇为新鲜，还没有在别的相声中表现过。姜昆一直呼吁相声要寻找新时代的新笑点，《新虎口遐想》做到了想人之所想，言人所欲言，针砭时弊，针针见血。集齐了政治性、伦理性、审美性和娱乐性四个本体特征的《新虎口遐想》，其传播之火就不言而喻了。

综上所述，回到标题"我们为什么说相声"，站在演员本体的角度看，演员创演是呈现，同时也是传承和传播，其目的和态度决定了艺术之路能够走多远，这是相声演员需要反复思考的问题。答案会是单纯为娱乐吗？显然不是。从主观上讲，演员的艺术追求与受众的要求并不完全一致，如果一味地去迎合某些受众，去媚俗，就会导致本体性的丧失，思想水准的降低或失范。每一个具有职业操守的相声人，都要在心中树立当好艺术"守门人"的理念而矢志不渝。从客观上讲，相声艺术的本体特征有全面性的要求，不能只偏于娱乐一隅。从我们对新老《虎口遐想》的分析也可以看出，传播正能量的价值观，呈现艺术的真实性和创新性，是相声作品立得起来、让人笑得开心、达到雅俗共赏的关键因素，对此必须加强评论和研究，以利于相声更好地发展。

（鲍震培，南开大学汉语言文化学院教授。）

众人评点

侯宝林先生与相声新秀姜昆、李文华、高英培、范振钰。

侯宝林先生与姜昆同台谢幕,摄于 1993 年。

从姜昆相声中领悟出的本体论、题材论、创新论

——谨以《虎口遐想》《如此照相》《新虎口遐想》等作品为例

○ 王大胜

相声理论源于相声实践。相声创作表演传播中的种种本质现象，是相声学术体系的依据与来源，诠释着相声理论内涵与学术方法的实践性。

一

相声本体论是相声学术的第一追问。笑是其中的本质元素之一。然而，针砭时弊的讽喻、机敏睿智的幽默、无伤大雅的自嘲、荒诞无稽的虚拟、趋炎附势的谄媚、丑态百出的滑稽，笑的多义容易形成笑的歧义或狭义。

在一些人看来，当代相声就是无厘恶搞的纯娱乐，传统相声就是低俗平庸的下九流。笔者虽然并不避讳相声恶俗现象的存在，但却断然拒斥这是相声的本质所在，并试图把这种被贬为"低俗丑陋"的"玩意儿"，与深邃的哲学、时尚的艺术归在一起，以探寻生活映像与历史轨迹在相声的各个层级方式中的具体表现。

这并不是痴人说梦的空幻，如同生活是艺术的源泉，实践是理论的基础。

相声名家姜昆从 1977 年起步,经历了四十年的相声艺术生涯,起步十周年之际的《虎口遐想》是其中的艺术巅峰与重要里程碑,用家喻户晓、妇孺皆知来形容此作的传播力是十分贴切的。广播已消退，网络尚未普及,除夕央视春晚成为全国观众共同关注的焦点。《虎口遐想》这部作品刺激着人们的笑神经,成为他们心中的佳作。哪怕是过了这一时刻,人们再也无法怀着当初的那份纯真来欣赏这一艺术精品，却还乐于一遍遍地深情回味当时的情景。于是,它成了仅演一次、回味一生、播过无数遍、笑翻几代人的极品之作。

精品艺术从来都是立体而丰厚的，在多层与多维中彰显着各种元素的有机融合,以及令人醉心于其间的复杂关系。

相声是有别于说书唱曲等曲艺曲种的逗乐方式，有别于舞美影剧等文艺门类的话语方式,有别于哲思伦理及科学等意识形式的识别方式,有别于物质实践形式的精神交往活动方式。哲学的辩证原理启示我们,相声逗乐的、说唱的、美感的、精神的性质,分别在曲艺的、艺术的、意识的、生产的形式层面彰显。相声与每一层级的同类形式保持着一定量的差别,又与高一层级的异类形式保持着一定质的差别，从而构成层层相叠的个性与共性、特殊性与普遍性的辩证关系,反映着各种属性在一定程度上的根本性。这是不可割裂、不可分解、不分内外的有机整体,是呈现与审视相声性质的不可或缺的完整厚度。

以《虎口遐想》为例,在这段由姜昆、梁左创作,姜昆、唐杰忠合说的相声中,面临生死的特定场景和特定意识,与黑色幽默、意识流的氛围大体吻合。不过这些元素在此作中的走向并非停留于或趋于漆黑可怖、抽象沉思,而是倾向于浅色甚至暖色,趋于话语表达、人际交流。于是,涉及生与死的严峻局面和紧张思索,在相声化的酿造中,被演绎成无险且无伤的轻松可笑情境,实现了黑色与欢笑、意识与调侃间的长距离衔接。

这种"黝黑"由"狗吃屎、嘴啃泥、大马趴、倒栽葱"①起始，明显超出了谑而不虐的原则界限，继续升腾为掉进老虎洞里，"我抬头一看，不远前就趴着一只大老虎，吓得我这声音都变了"的命悬一线的紧张氛围。不过，峰回路转——"想办法？脑袋都大了！偷偷瞟老虎一眼，还真不错"，老虎"眉来眼去正跟我交流感情呢"！在"眉来眼去""交流感情"的话语潜台词中，显露出作品人物视危难如玩耍的性格本色，精准地将作品定格在轻松调侃的情绪氛围之中，融合在来言去语、一语一乐的极乐情境当中，并把情节柳暗花明地渐渐伸向最终的皆大欢喜。

也就是说，相声的本质特征是一个整体，同时又在不同层级全面显现。不可以以某一层级取代全部层级、遮蔽其他层级，也不可以把部分特征或表面特征当作全部特征或本质特征。

众人评点

二

从意识形式中独特的识别方式来看，相声中的笑对于可笑者的"乖讹"的识别，具有学理的逻辑的性质，和哲学的批判性反思同质。所不同的是，哲学在深入的批判性反思中形成新颖的现实的学理与逻辑，而笑依据新颖的现实的学理与逻辑，一目了然地对可笑者的"乖讹"进行识别，并以压倒性的优势对秉持的学理与逻辑加以强调，产生笑的力量。换言之，笑的精神力量强劲，可笑的精神力量虚弱，力量对比悬殊，形成极大反差，生发出酣畅淋漓的嘲笑声。

一般来说，丑化、弱化笑的客体是艺术地酿造笑的情境的基本方法。丑化这里暂不赘言。弱化主要包括题材方面的选择。相声创作一般都会远

---

① 台词出自非春晚演出版本。

离世界观、人生观、历史观、价值观等宏观主题和重大关切,而寻求一些微观日常,诸如小家庭、小日子、小聪明、小游戏、小吃小酒、小猴小鸟之类。人们对于日常生活中司空见惯的种种"乖讹"了如指掌,完全可以不假思索地笑而对之、一笑了之。

不过,微观与琐碎并不是相声的本质或本体,宏观与重大也并不是相声的禁区或误区。关键只在于笑的力量对于可笑的力量能否形成压倒性优势。因此,相对于先进的理性观念、超脱的意识状态、灵动的思维方式,相对于超然的主体和主体意识,即使涉及宏观与重大中的"乖讹",依然可以具有压倒性的优势, 在不经意间把屏气氛围引向笑的情境。对于这一点,捧腹开怀的观众在《虎口遐想》中已经充分领略到了。

笑的压倒性也可以源于笑的理念的现实性。笑的意识,特别是笑的力量的彰显,总体上有赖于社会现实的实现。

《如此照相》讽刺的是"文革"时期的极端形式主义。在它的结尾部分,姜昆做了一个举目远望的舞蹈动作让李文华猜,但答案却不是"高瞻远瞩""放眼世界"之类,而是"我瞧瞧对过的包子卖完了没有"。这是依据社会的历史与现实,在嘲讽、调侃的笑声中向陈腐的极端观念与现象告别。相比之下,《新虎口遐想》的最后一句"苍蝇、老虎一起打",既反映出惩治腐败的必胜信心,又精准地显现了反腐在路上的时代现实性,并没有确立历史性回眸的超脱与告别的姿态。

实事求是地说,笑的力量本身仅仅是意识层面、观念层面的,而不是现实层面的。不是人们的社会意识决定社会存在,而是客观的社会现实决定人们的思想意识。不能把笑的精神力量夸大成现实力量。当然,这一点又绝不可以成为相声题材卑微化、相声内容娱乐化的理由。休闲形式中稀缺、娱乐观念中拒斥的,正是历史性的时代精神与社会意识。相反,自由地个性地表达社会意识,正是彰显相声本体价值的必然方式。

就《虎口遐想》和《新虎口遐想》而言,我们大致可以分辨出观照自我的意识与观照社会的意识的相对区别,进而领略到姜昆三十年前后对于相声艺术的不同视域。

《虎口遐想》基本以作品人物的自我观照意识为贯穿,诉说人们想不到、说不出的别致话语,超出一般欣赏主体的意识范围和睿智层面,彰显人物形象在特定情境中的自嘲性的幽默品格。让人叹为观止的是,这种观照意识并非是游离于社会现实的抽象,相反,几乎全部的个性独白都是人们共同意识到的社会现实的再现和翻版,都是人们暂时尚未从现实生活中提炼出来、从特定情境中生发出来,欲想却想不到、欲说却说不出的心声,从而能够引起人们由内而外的惊喜和感动。

和《虎口遐想》不同,在《新虎口遐想》的思维脉络中,虽然也有观照自我的自嘲意识,也有观照过往的幽默意识,但主要还是观照当下现实生活的讽喻情怀。也就是说,掉进老虎洞的前因后果已经成为历史垫话而被省略,站在三十年后的历史高处幽默地调侃当时善意的营救行动,又明显缺乏鄙视的情绪冲动。于是,作品直接以当下的时代精神和社会意识作为审视的力量依托,把矛头指向娱乐式的报道方式、官僚式的决策方式、损害式的生产方式,彰显出相声的讽刺力量,在笑声中承担了相声应有的担当,实现了艺术的本体价值。

也就是说,相声题材对于相声创作来说是具有本体性和前提性特征的。但相声的普通题材并不代表相声创作的根本性质、根本前提。相声的本质在于现实性的笑的社会意识。这才是相声题材的完整宽度,也是真正的名家与高手的主要疆场。

三

从实践形式中独特的精神交往活动方式来看,相声的形成、成熟,相声的创作、表演,都是实践性的。目的、条件、对象在其中发挥着支撑性的作用。而以观众为核心的交往活动方式是相声的本质所在。《新虎口遐想》就是在三十年之后的新的历史条件下,根据观众的心愿和需求,在《虎口遐想》的基础上再生与转化而来的。

从学理上说,相声艺术和相声作品是形式与内容的历史性对立统一,艺术规律与艺术灵动尽在其中。就形式而言,从《虎口遐想》到《新虎口遐想》的再生与转化,仅仅是并只能是相声形式及其子形式的复制和运用,而不是也不宜超出相声本体形式的变异与另类。这是形式逻辑的必然。同时,就内容而言,又都是从无到有的全新创作。这是作品富于艺术性的根本所在,是艺术的内容创新。舍此,谈不上艺术创作。

进一步说,形式、结构、类型,都是一些确定的程式,与欣赏者的新鲜感相背反。作品受到欢迎的真正支撑是全新的内容。换言之,在形式、结构、类型的延展背后,更需要一种令人意想不到的全新内容。人们的新鲜感无法在形式方面得到满足时,便只能全部指望作品的内容。这更是对艺术创造力的一种考验。相反,倘若一切尽在意料之中,那将是对相声的艺术性、喜剧性的冻结。

然而,创造性转化与创新性发展毕竟不属于同一层级。前者是根据具体条件的变化,在原有基础上所做的由此及彼的同级转型,如《虎口遐想》到《新虎口遐想》;后者是突破原有层面的从无到有的升级换代,如讽刺的《如此照相》到荒诞的《虎口遐想》。

在形式逻辑看来,无论是由此及彼还是从无到有,都产生了质的变化,都出现了让相声变成并不相声的因素。其实,这不是相声实践的问题,

而是理论逻辑的弊端。倘若把相声看作是一种满足人的需要的活动方式，而不是一种自然的物质客体，那就必然会融入辩证思维，并以辩证逻辑为主导，自觉地把质变与量变当作相声发展的必然来看待，理性地审视相声内容与形式的多样性并存了。

也就是说，相声创新的本质界线不在于内容与形式方面，而只在于作品和观众的关系当中。

也就是说，从姜昆的创作表演来看，相声的本质特征、题材范围、创新限度，都明显比现有的理解更为宽广。任何作茧自缚式的自我约束，都会给相声的发展带来自闭性的影响，都会遮蔽相声本质中的重要部分，都会泯灭相声作为现实性的笑的意识形式所应有的艺术价值和社会价值，实不可取。

（王大胜，中央人民广播电台主任编辑，央广文艺之声原业务指导，《中国相声榜》节目主编。）

众人评点

李金斗与姜昆在台北的演出被誉为"双峰汇",摄于 2006 年。

相声的态度

——从《虎口遐想》到《新虎口遐想》

○蒋慧明

从 1987 年央视春晚播出的《虎口遐想》到 2017 年姜昆再度登上春晚舞台表演《新虎口遐想》,时间跨度刚好是整整三十年。从毛头小伙到花甲老人,姜昆一直坚守阵地,为相声这门艺术摇旗呐喊,身体力行。熟悉和喜爱相声的观众,一定了解他在不同历史时期所创演的诸多经典作品,其中像《如此照相》《诗、歌与爱情》《虎口遐想》《电梯奇遇》等,皆因其间所蕴含的丰富的文学性、思想性和趣味性而堪称相声界的精品力作。可以说,姜昆的相声既秉承了侯宝林先生对"相声之美"的追求,亦有马季先生对"相声之新"的探索,同时更反映了他对"相声与时代"这一命题的深度挖掘。

春晚过后,随着《新虎口遐想》引起的热议,一度屡遭诟病的相声又重回人们的视野,有人兴奋地感慨:相声"回归"了,有人、有事儿、还有趣儿,不再是耍贫嘴、逗闷子、互相挖苦。亦有人总结:相声就得拿起讽刺这把利器,针砭时弊,一针见血……无论褒之贬之,足见老百姓对相声这门艺术的由衷喜爱。

本文拟从相声创演的角度,结合《虎口遐想》和《新虎口遐想》这两段相声作品,重点谈谈笔者关于"相声的态度"这一论题的若干思考。

相声的态度之一 ——大众口味，民间立场

相声是来源于民间的艺术形式，因此对于民众来说有着天然的亲和力，始终与人民的思想感情和社会生活紧密相连，反映了群众生活中的人伦、情趣与喜怒哀乐。它与众不同的艺术体系的生成与定型，既源自其本质上生成发展的社会特性，更与整个民族文化和艺术的发展与美学追求不可分割。在许多喜爱相声艺术的观众心中，它甚至不仅仅只是一种传统曲艺形式而已，"也是一种内化于语言、情感和日常生活的文化经验"[1]。

仔细考察许多至今仍令观众耳熟能详的优秀作品，不难发现，相声之所以能征服最大范围的观众，重要因素之一就在于它们都无情地嘲讽了人性中的弱点，深刻表达了民众对不良现象的强烈不满。相声中的讽刺并不是简单的就事论事，而是正话反说，以审丑的方式来实现其艺术理想，从而提炼出生活的真谛。可以说，这既来源于生活的真实，又上升为不同于一般生活层面的艺术的真实。而所谓的大众口味和民间立场，可以理解为相声之所以深入人心的有效前提，其鲜明的人民性特征更是成为相声艺术创作的一条不可或缺的主线。

1986年夏天，作家梁左创作的小说《虎口余生》偶然被相声演员姜昆看中，姜昆认为"这是一篇绝妙的相声，几乎不用加工就可以直接搬上舞台"[2]，于是二人合作，"经过一年的检验，我（梁左）觉得我们这篇尝试性的作品算是基本上站住了"[3]。喜爱相声的观众大概都会对当年姜昆、唐杰忠表演的这段作品所产生的轰动效应记忆犹新。

---

[1] 参见署名又一庐的博文 http://blog.sina.com.cn/jennystheatrehk。
[2] 姜昆：《关于梁左》，见《虎口遐想——姜昆梁左相声集》，文化艺术出版社，1992年，第221页。
[3] 梁左：《〈虎口遐想〉创作谈》，见杨国钧主编：《相声名作与欣赏【现代篇】》，花山文艺出版社，2000年，第323页。

梁左本人在《虎口遐想》的创作谈里,就最初的小说版本提道:"这是一篇土洋结合的作品,我对自己的要求是:洋要洋得地道,土要土得掉渣,两者结合还要不露痕迹。荒诞派、无主题、心理结构、情绪情节、魔幻现实主义手法……描写的则是中国的事情、身边的人物、普通的社会心态,还要用现在的北京口语。"[①]由此可见,作者在创作伊始就已经有意识地决定运用西方当代文艺理论中的某些手法,但又绝非是简单的模仿或照搬,而是与中国传统的、民族的、大众的艺术样式进行有机的嫁接,这在当时的社会环境与文化背景中都属于比较超前的, 而这也是该作品能够成功的先决条件之一。

随着历史的变迁,社会生活的日益丰富,人们的审美情趣和欣赏口味也发生了很大变化。作为积极反映时代特征,擅长描摹人间百态,并最为广大民众喜闻乐见的相声艺术,亦须紧扣时代脉搏,传递民众心声,将原生态的社会生活现状进行高度提炼和再加工, 使之成为艺术化的反映和再现,从而令观者在欣赏之余能有所共鸣和回味。

三十年后,姜昆续写了一段《新虎口遐想》,人物仍是《虎口遐想》中"我"的延续,事件仍是荒诞地"掉进了老虎洞",但环境、氛围以及折射出来的当下人们的心理特征,却已悄然地发生了变化。这种由文本所产生的奇妙的"互文"现象,既是新鲜的,又是诚恳的,其中蕴含了创演者对三十年来相声行业一路走来的反思与回归。

如果说《新虎口遐想》的亮点是其中"苍蝇、老虎一起打"的警钟长鸣,那更有"我答应出去以后给你爸爸找一只母老虎,可是出去以后,我这人诚信太差,净顾给自己搞对象,把你爸爸搞对象这事给忘了",以及"姜大爷……你这岁数我怕我把你救上来你说我给你推下去的, 我跟我爸爸说

① 梁左:《〈虎口遐想〉创作谈》,见杨国钧主编:《相声名作与欣赏【现代篇】》,花山文艺出版社,2000年,第323页。

不清楚"这些貌似无关的闲扯和细微之处,皆是当下时代综合征的聚焦与放大。

大众口味,民间立场,作为相声创作的核心理念,无疑在《虎口遐想》及其续篇《新虎口遐想》这样的作品中被予以了格外的重视和尊重。正因如此,反观相当长的一段时期以来充斥于相声舞台之上的那些一味追求廉价笑声的平庸之作,不难看出,观众们对相声由热爱到期待再到失望以致"恨铁不成钢"式的责难,并非无中生有。诚然,即便《新虎口遐想》的问世引来了观众们的交口称赞,客观地说,相较于三十年前的《虎口遐想》,新作在文学性和艺术性上仍似略逊一筹。尤其是受制于春晚演出这种特殊场合的种种限制,表演节奏过紧,整个作品的处理也略乏弹性。当然,这些缺憾在剧场版的演出中得到了一定的弥补。

相声的态度之二——时代印记,价值判断

众所周知,每一段值得我们反复聆赏的优秀相声作品,无论是其形式抑或内容,甚至演员的舞台呈现方式,都无一例外地带有深深的时代烙印。

以三十年前的《虎口遐想》为例,包括《电梯奇遇》《着急》等一批姜昆与梁左合作完成的优秀作品,集中上演于20世纪80年代中后期至90年代初期,特别是借助于电视媒体的传播效应,产生了极大的社会影响。这些作品大都具有较强的文学性和思想性,以人民群众普遍关切的社会焦点问题为创作素材,关注社会生活,反映时代新声,既运用了相声的传统表现手段,又在一定程度上借鉴了西方荒诞文学和黑色幽默的写作手法,喜剧矛盾突出,思想观点鲜明,个人风格独特,给相声艺术注入了新鲜的血液。正是这批带有探索性的相声作品,让姜昆个人的艺术生涯又迈上了

一个新的高度。

作为一名相声演员，姜昆身上无疑具备了不可多得的文化修养和艺术创造力，尤其是对时代特征的洞察力，对社会思潮的前瞻性以及勇于创新、善于出新等特点，使得他在这一时期的相声创作被学者称为"社会心理相声"，独领风骚，影响巨大。

不过，可惜的是，由于多重因素的制约，像《虎口遐想》这样从结构到手法都颇具"先锋"意义的相声作品，在相声界并未形成一定的气候，就连姜昆自己的相声作品也再难对其有所超越，以至于在观众中难免会有"江郎才尽"，或是"廉颇老矣，尚能饭否"的议论。也因此在《新虎口遐想》中，姜昆既延续了之前作品中"我"的窘境，又自嘲了自己的困惑，而这窘境与困惑，不也正是我们大家面对这个信息化、多元化的自媒体时代的真实反应吗？

而这恰恰正是"相声的态度"之有力佐证。一段相声作品所反映出的艺术水准和思想高度，很显然是与创演者个人的文学修养、生活阅历、人文视野以及艺术追求等综合因素息息相关的。这段《新虎口遐想》之所以格外引人关注，恐怕绝不只是因为相隔三十年之后的"老段新说"，或者姜昆个人重登春晚舞台彰显了他的"宝刀未老"，而是在于新作中既承袭了旧作的讽刺批判精神，又具有较强的时代气息，充分反映了姜昆在"相声与时代"这一命题上的深度挖掘和艺术创作的自觉，较好诠释了一段优秀的相声作品应该具有怎样的时代印记和观点鲜明的价值判断。

如果说《虎口遐想》的视角是向内的，反映的是掉入虎山的小青工的人生价值观；《新虎口遐想》的视角则是向外的，更多反映的是不断被游戏化的传播环境，尤其是不断切入的诸如"动物园园长克扣虎粮被抓"以及"苍蝇、老虎一起打"的包袱，令人捧腹之余仍回味不已。同样是荒诞的前提，但关涉现实的力度和深度有所深入。

众人评点

需要特别指出的是,《新虎口遐想》的备受关注,其意义还远远不止于为电视机前的观众们奉献了一段久违的春晚相声佳作,更为重要的是,它以严谨的创作态度,遵循相声独有的创作手法,讲究起承转合,注重情绪节奏,有人物的心理进程和性格脉络,不随意堆砌网络语汇,不任意游离于主题之外,换句话说,这是一段并不"新潮"的"传统"相声,是对当前众多脱口秀式的、主题涣散、毫无章法的"伪相声"的一次拨乱反正。就冲姜昆的这番苦心与努力,我们也愿意大大地为他点个赞,当然,更希望能够引起所有相声从业者的关注与自省。

实际上,笔者认为,从《虎口遐想》到《新虎口遐想》的两度引起热议,恰恰是因为创演者把握住了"相声的态度"这一主要命题。此"态度"不只是作品本身的立意和主旨,更是相声作者及演员的态度,即具备怎样的人生观、价值观,以及对民生问题的切实关注,为百姓心声的机智代言。唯此,才能让相声重新回到自己应有的位置上,与观众一道,在笑声中释怀与回味。

虎口遐想三十年

相声的态度之三——婉而多讽,谑而不虐

相当长的一段时期以来,关于相声的争议不绝于耳。时下,尽管相声的演出市场显得异常热闹,但就相声艺术的整体质量而言,实则并无多少起色,亮点不多,平庸之作泛滥,大有"劣币驱逐良币"的隐患。

相声之所以能老少咸宜,无论鸿儒还是白丁皆能从中受益,并不仅仅在于其通俗易懂的语言形式、幽默滑稽的喜剧风格,以及巧妙机辩的结构手段,更在于其嘲讽的对象和批判的世相,皆与观众的生存环境和心理状态密不可分,因此才会格外令观众产生共鸣。

喜剧的本质是善良,是解析人生。同理,相声之所以易为大众所接受,

正是因为演员通过表演所描绘出的富含诸多微言小义的想象空间，恰恰是观众们的所思和所想。只是在与观众心理步调一致的同时，相声还应主动彰显自己的态度，这其中自然包含了作品本身的寓意，而且更应具备创作者(作者和演员)符合主流意识形态的审美判断与艺术化表现。

故而，在《新虎口遐想》引发各界人士各抒己见，观点碰撞的同时，笔者认为，是时候重视"相声的态度"这一命题了。从何时起，我们主动摒弃自身的优势，而去拼命地用他人的表现手法来装点自己，结果自然是弄巧成拙，拼凑出一堆不像相声的相声；又或者，为了适应媒体的需要，削足适履，主动逢迎，渐渐忘却了相声本该具有的艺术创作规律；再有，当小剧场演出成为相声的常态，表面繁荣的背后却已隐患重重。凡此种种，最终导致了相声的格调品位需要重新提升，相声的优良传统需要重新塑造，怎不令人扼腕叹息！

一直以来，有一种关于相声的论调十分流行，即相声的衰落，归根结底是没有了讽刺。言下之意，"讽刺"一到，相声就"火"。此话固然有一定的道理，但并未解决相声之所以止步不前甚至倒退回潮的根本原因。

相声是讽刺的，但绝不仅仅局限于针砭时弊；相声是引人发笑的，但绝不仅仅停留在感官层面上；相声里有的是善意的嘲讽、隐含的寓意，轻松但不随便，诙谐绝不庸俗。所谓"婉而多讽，谑而不虐"，既是相声艺术的美学旨趣，也是相声创演者的从艺指南。

重温三十年前的经典相声《虎口遐想》，细细品味有感而发的《新虎口遐想》，不难发现，贯穿其中的讽刺尽管犀利却不粗暴，也不武断，而是自始至终有温度，有力度，又有态度。或许，这才是相声本应具有的艺术感染力，它是让人发笑的，但又绝不是一笑了之的。

走笔至此，借由相隔三十年的两段相声引发的热议，蓦地发现：长期以来，关于相声现状的种种讨论，无不说明观众对于相声这门艺术有着

"爱之深,责之切"的复杂心理,而相声从业者尽管脚步不曾停歇,但思考却远未就位。或许,从"相声的态度"出发,多少能够挽回些颓势,增长些信心,齐心协力为观众创造出更多"有文化的幽默和高质量的笑声"。

（蒋慧明,中国艺术研究院曲艺研究所副研究员。）

美国探索频道主持人采访姜昆，摄于 2008 年。

《新虎口遐想》表演的前瞻性、包容性与开放性

○秦珂华

姜昆的表演清新、活泼、积极、健康,具有独特的艺术感染力。他的优秀作品《如此照相》《虎口遐想》《电梯奇遇》等,长期以来深入人心,妇孺皆知,为人所津津乐道。2017 年《新虎口遐想》问世以来,细细观赏、细细琢磨,更觉姜昆的表演风格独具特色。这种风格既有前卫、开放、包容的理念作为支撑,又有对传统艺术技法、现代思维方式、故事表达手段以及中外幽默艺术的融会贯通。

一、相声表演技法融会时代精神的驾轻就熟

相声是口头语言艺术。迟疾顿挫、顶刨撞盖、三番四抖、瞪谝踹卖等技法,在相声传承的百年历史期间已基本固化,形成了一定的思维模式和基本规律。技法是传统的,而时代精神则是我们要弘扬的主旋律、要传递的正能量、要培育的价值观,更是当下观众的精神食粮和审美需求。在特定的时代背景下,针对某个作品,具体到某一场演出的技法的使用,是每一名相声演员永远要面对的新问题。

姜昆堪称解决"新问题"的"老手"。1987年表演《虎口遐想》时,先生掌握的相声技法已是游刃有余,到了2017年《新虎口遐想》问世后,更是驾轻就熟。我们将镜头推向2017年春晚的演出现场:"垫话"在主持人朱军的辅助下完成,简短的"瓢把儿"过后,演员直接进入"顶门包袱"的编织,两句铺垫"都腾不出手来救我""他们干吗呢"之后,马上抖包袱"全拿手机给我拍照呢"——响了!以人们随时随地都在做的事情打响第一炮,瞬间人气爆棚,时尚、新锐、接地气的格局奠定!进入"正活",对乱发朋友圈、堵车、"救不救"的纠结、个别记者的"不干正事"、无原则的自媒体传播、"专家"乱指导、食品安全、装修污染等一系列百姓关注的焦点进行讽刺,构成一个个"腰包袱"。老虎进洞了,"大结局"即将来袭,但谁也没有想到,它不敢出来是因为"苍蝇、老虎一起打"!强悍的"底包袱"烘托起之前所有的焦点、热点、纠结点、困惑点!

纵观全篇,尽管"难点"仍是"难点","纠结"还在"纠结",但从观众"兜四角"的欢快畅达与"小龇牙"的会心一笑中,我们感受到演出效果的火爆炽烈。这样的效果源于姜昆表演技巧的前瞻性。相声的表演是演员之间平民式的聊天闲谈,更是演员以真实的自我与观众进行情真意切的交流。姜昆与观众的交流在秉持着平常人肯定或否定的心理反应之外,还多了一份热切与真挚,反映着关注社会的责任感与心系百姓的使命感,使得这一"交流"更加深刻、更加通透,"笑果"也就更加强烈。相声表演讲究"尺寸""筋劲儿",调门或高或低,表情或嗔怒或嬉笑,反应或同步或稍慢。姜昆准确拿捏着,挑战着观众在快节奏的生活方式之下培育起来的审美状态,不瘟不火、不疾不徐、有张有弛,恰如其分地将传统技法演绎出时尚的意味。

一位年过六旬的长者,以他的敏锐和战斗性,将相声艺术的传统技法在新的历史条件下、新的审美要求下发挥得淋漓尽致。也正是由于姜昆准确地把握住了时代的脉搏,他的相声才具有了"心灵的补偿"与"撄人心"

的审美效应,并赋予了市井艺术以庙堂之美。

二、相声表演技法吸纳故事表达手段的出神入化

相声是故事艺术。不同的艺术形式,是用不同的手段表达故事的不同侧面,即便是没有完整故事情节的写景或抒情作品,这写景或抒情也是以故事的最小构成元素——"事件"为基调,衍化、派生、升华而来的。影视剧艺术,是全方位立体式地再现故事的全貌;舞蹈、雕塑、书法、绘画,是用或流动或静态的线条表现故事,或者表达某个故事的某个情绪侧面;音乐,是以乐音或噪音传递故事或情感;曲艺,是用口头语言说唱故事。一切艺术的本质皆是故事,一切艺术技巧均是故事的表达技巧。相声在诞生之初即是演说有简单情节的笑话。著名的"八大棍儿"正是连续剧式的大型笑话连播。中华人民共和国成立后,经过相声改进小组改良后的相声,可以分为有情节的故事型相声和事件连缀的观点型相声。可见,相声与故事紧密相连。

《新虎口遐想》在展现相声艺术魅力的同时,更有着构思精巧的戏剧性和高超的表达手段。搭档戴志诚交代了时间、地点、环境——今天、都市、老虎洞,将观众带到语言勾勒下的规定情境中。接着,姜昆以最本能、最原始的需求——面临危机时的求生欲望——作为整个节目的原发性动机,这种动机是最普遍的人类情感,最具共通性,最有感染力,最容易引起共鸣。动机在规定情境中引发了一连串戏剧动作。"求救"引起"救援",一个个关联着"施救"的人物和事件吸引着观众听下去,在不知不觉间实现了时空的自由转换。寥寥数语,白描点染,人间百态跃然眼前,各色人物原形毕露。观众在焦虑于主人公的命悬一线与开怀于相声演员的妙语连珠间产生了间离效果,引发出忽明忽暗、似有若无的理性思索(更深刻的反

思则是在观赏后的回味时产生的）。当主人公意识到求救无望时,开始实施"自救"。在自救环节中,主人公代言观众释放了某些生活感慨,并以大轮廓、粗线条、快节奏将故事推向下一"动作"——老虎自己钻笼子里了,不敢出来,并以双关作结。

就故事而言,《新虎口遐想》并不完整,开头没有交代主人公是怎样掉进老虎洞里的,尾声也没有明确是怎样被解救上来的;故事发展也不复杂,没有跌宕起伏的情节,没有错综复杂的矛盾。就表演而言,没有道具、没有场景、没有实物,情境、事件、动作、人物均靠演员的语言描述、肢体模拟、表情表现以及由此引发的观众想象呈现出来。然而,就演出现场的节目全貌而言,堪比戏剧的丰满、音乐的炽烈、文学的典雅、舞蹈的充盈。这是曲艺吸纳戏剧思维的功绩,更是相声吸纳故事手段的魅力。姜昆用"在假定情境中的热情的真实和情感的逼真"[1]诠释了对人生的感慨、生活的感悟和时代的感叹。

三、相声表演技法博采外国幽默艺术的炉火纯青

相声是笑的艺术。笑是人的生理和心理机能,心理机能部分是审美范畴的重要内容之一。关于笑的产生原因,历来众说纷纭,如"突然荣耀说""预期失望说""心理能量消耗的节省说""生命的机械化"等。尽管笑的机理莫衷一是,但并不妨碍古今中外的艺术家们努力研究如何使人们笑得更开心。许多国家都有自己的幽默喜剧艺术,如朝鲜半岛的漫谈、才谈,日本的落语、漫才,美国的即兴喜剧、脱口秀,俄罗斯的报幕人等[2]。

1984年12月至1985年1月,姜昆参加了中共中央办公厅组织的赴

---

[1] 普希金:《论戏剧》。
[2] 倪锺之:《中国相声史》,武汉大学出版社,2015年。

美洲慰问留学生的代表团，为期近两个月，演出近三十场，这是姜昆第一次带着相声走出国门①。此后，姜昆又多次率领曲艺代表团出国访问交流，日本、韩国、加拿大、蒙古、德国、新西兰、丹麦、澳大利亚……姜昆传播相声、交流文化的足迹遍布许多国家和地区。在把欢笑送给世界的同时，姜昆也从各国优秀的幽默艺术里汲取营养，法国人的浪漫、意大利人的开放、美国人的率真、英国人的绅士，似乎在他的表演中都能找到影子。

试看《新虎口遐想》"'明白人'出主意"一段，故意把简单的事情说得很复杂，似乎有英式幽默的冷峻和克制；"自媒体直播"一段反复说"感谢刷屏"，是否有美式幽默的喋喋不休；"自救"环节以食品安全、装修污染等内容与老虎"对话"，可否看到法式幽默的社会反思与人文哲思；通篇讽刺背后深沉的反思意味，可否感受到卓别林式的用喜剧载体反映悲剧主题的意味深长……

再看姜昆的表情，因为演员表演风格的含蓄与观众欣赏习惯的内敛，凝眉、皱眉、怒目、瞪目、努嘴、咧嘴……一颦一笑、举手投足，没有金·凯瑞、罗温·艾金森的无限夸张变形，却有着他们的丰富性和喜剧色彩。姜昆表演中的任何表情都是以喜剧意味作为底色，再叠加哭泣、微笑、兴奋、发奋等情绪而构成最终的面部效果呈现出来，并非是单纯生活化的或概念性戏剧式的表情。或许是有意的汲取，抑或是无意的熏陶，姜昆的表演有着前所未有的开放性，是世界化的表演。

人类社会已经迎来了全球化时代。当今世界，全球经济一体化已经成为历史发展的必然趋势。与此同时，文化全球化的进程也在日益加快。全世界各个国家的一切幽默艺术，以各自的形式，在互异、融合的同时作用下，于全球范围内流动。姜昆在更为宏阔的背景下对相声表演进行深入认

---

① 《曲艺》，2015 年第 9 期。

识,在整个人类艺术文化演进的大视域里对其进行宏观探究,这对推动和促进中国曲艺艺术的现代化和创演自觉,起到了举足轻重的积极作用。

《新虎口遐想》中的卓越表演,源于姜昆对相声艺术的热爱,源于他对当前形势的深刻领悟,源于他精深的艺术修养和修为,更源于他传承传统艺术的责任感和使命感。我们相信,在姜昆的带动下,曲艺事业的百花园必将告别"草色遥看近却无",而迎来"百般红紫斗芳菲"!

衷心祝愿姜昆艺术之树常青!

(秦珂华,辽宁省锦州市曲艺家协会副主席,渤海大学曲艺客座教授。)

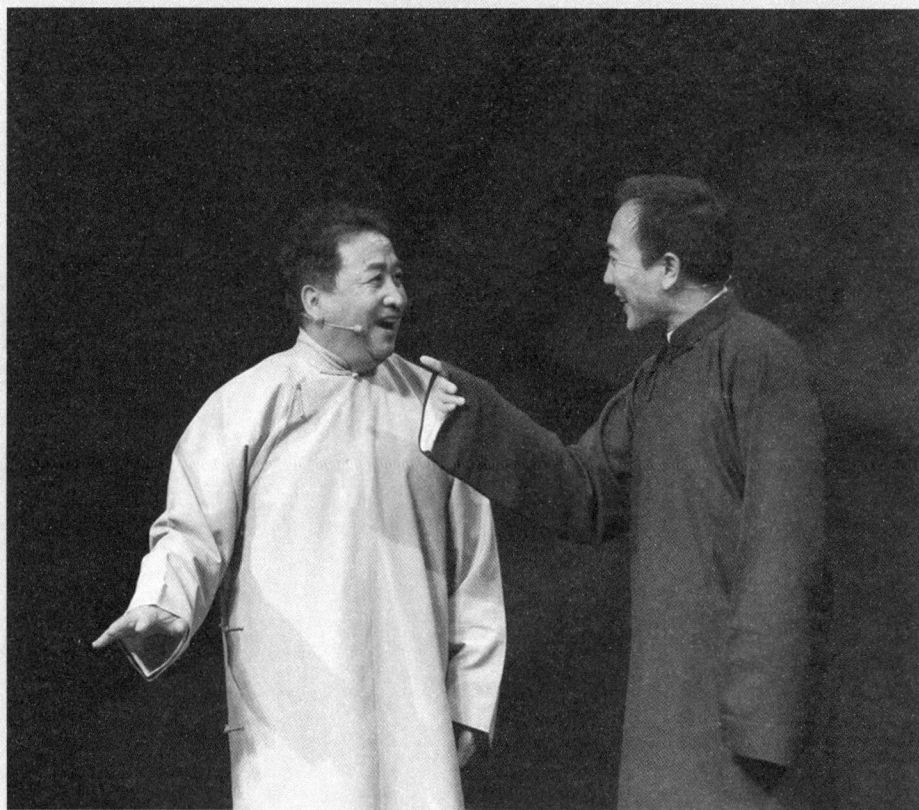

相声走出国门,把欢笑洒向世界,摄于 2003 年巴黎。

唯有尽善，方能尽美

——评相声《新虎口遐想》的社会价值

○贾振鑫

相声《新虎口遐想》无疑是 2017 年央视春晚语言类节目的亮点之一，这对于我们研究这个作品乃至对于曲艺创作的引领，都具有特殊的积极意义。从艺术作品审美的客观角度看，审美价值一方面取决于艺术作品的自然属性和表现形式，另一方面则取决于艺术作品的社会属性和社会内容，这是由艺术作品在社会生活和历史事件中所占据的地位和所起的作用决定的。马克思也认为，"价值这个普遍的概念是从人们对待满足他们需要的外界物的关系中产生的"，是"人们所利用的并表现了对人的需要的关系的物的属性"[①]。基于上述理由，相声《新虎口遐想》的成功，一方面是作品巧妙的艺术构思、富有新意的包袱设计、出神入化的表演所共同绽放的艺术魅力征服了观众；另一方面是作品所表现的内容能够与人民生活、社会发展紧密相连，受到了时下观众的高度关注。因此，相声《新虎口遐想》的审美价值不仅体现在艺术层面，还显示出了对于社会生活的重要价值。从而可将其概括为：直面现实的自信、价值认知的引领、传统文化的弘扬。

众人评点

---

① 《马克思恩格斯全集》，第 19 卷，人民出版社，1965 年，第 406 页。

一、直面现实的自信

相声《新虎口遐想》是一段关注当下的现实主义作品,采用了旧瓶装新酒的创新方法,使用了戏剧间离的艺术手法,由主持人朱军和搭档演员戴志诚共同导入,从假设姜昆再次掉进老虎洞开始"入活",引发了对现实社会的种种思考。作品通过20世纪80年代和如今人们对待同一件事情时的不同反应,从一个侧面说明了人们价值观和处世态度的改变,洋溢着浓郁的时代气息。同时又直击社会热点问题,从"救不救"引申至"扶不扶"的社会大思考,到交通高峰时段的道路拥堵,再到"拍苍蝇打老虎"的反腐倡廉,可谓是一个汇集国计民生、世间百态的万花筒。

从相声《虎口遐想》诞生到《新虎口遐想》问世的三十年间,我国各项事业突飞猛进,社会全面发展,综合国力跃居世界第二位,国家富强、人民幸福的现代化中国正以高速行进的姿态向全世界展示着蓬勃发展的无穷活力。大机器生产,商品经济的活跃,使当代社会人们的生活方式发生了巨大改变,这是社会进步的表现;与此同时,在市场经济的背景下,人们的价值观和处世方法也与农耕时期显著不同。相声《新虎口遐想》正是以现实社会为背景,围绕"时代冲突"这一"题眼"进行展开,表现了当代人民的火热生活,可谓应时顺势。在为实现中华民族伟大复兴的中国梦而努力奋斗的今天,每一个具有良知的中国人都对国家、民族的美好未来充满了向往,同时也对那些尚待完善的社会问题充满了关切。对于艺术,人们希望自己关注的问题能够成为艺术创作的内容,并出现在欣赏视野里,但是又绝不欢迎那些泄愤式的或隔靴搔痒式的无价值作品。人们渴望艺术作品用温暖孵化心中的美好,使其变成现实,从而演绎内心的愉悦,实现情感的释放。相声《新虎口遐想》就是在这样的期盼中应运而生的,它恰到好处地处理了艺术作品与演出语境间的关系,发扬了曲艺替百姓发声、讲人

民关心之事的艺术传统,使欣赏者得到了一种心理上的宣泄和调节,从而产生共鸣。更为重要的是,相声《新虎口遐想》是一篇有劲道、有温度、弘扬正能量的作品,在其看似大尺度的讽刺背后,更多的是希望国家富强、人民幸福的衷心期待,否则也不会得到观众的高度认可。习近平总书记《在中国文联十大、中国作协九大开幕式上的讲话》中,在强调艺术家要坚定文化自信,用文艺振奋民族精神时指出:"任何一个时代的经典文艺作品,都是那个时代社会生活和精神的写照,都具有那个时代的烙印和特征。任何一个时代的文艺,只有同国家和民族紧紧维系、休戚与共,才能发出振聋发聩的声音。反映时代是文艺工作者的使命。广大文艺工作者要把握时代脉搏,承担时代使命,聆听时代声音,勇于回答时代课题。"相声《新虎口遐想》所反映的诸如交通拥堵、食品安全、反腐倡廉等话题,正是和时代休戚与共、关系国计民生的大事,能够放在央视春晚这样的国家级舞台上进行展示,与其说是主办方、制作者开放意识的体现,不如说是展现了党中央和全国人民直视这些问题的勇气和彻底解决这些问题的决心与信心。而勇于拥抱时代的相声《新虎口遐想》所做的,正是借春晚的舞台给大家做了代言,引导人们从自我做起,努力规避不利因素的消极影响,共同展望社会问题得到尽快解决的美好愿景。

综上所述,相声《新虎口遐想》直面当代社会问题的做法,表现了当代文艺工作者反映时代声音的责任,表现了中华民族全面复兴的文化自信、民族自信,表明了人们在看待问题时具备了全面思维的辩证意识,表明了面向未来的发展观念更加深入人心。

二、价值认知的引领

相声《新虎口遐想》在直面社会现实的内容中,涉及人们不予施救反

而拍照发朋友圈的情节,有人担心施救反而说不清责任的情节,有人通过自媒体进行直播的情节,记者不予施救反而抢新闻的情节,某"明白人"自以为是出主意的情节,以及动物园园长贪污老虎伙食费的情节等。同时在姜昆与戴志诚的相互调侃中加进了与三十年前的对照,从而给作品打上了深深的时代烙印。上述情节传递出来的信息是:一方面,三十年的社会发展给人们带来了物质生活的富足,而交通出行、信息沟通方式的变化则证明了人们生活水准的巨变;另一方面,生活在商品经济时代的人们对经济数字的追求被急剧放大,人们的生活方式有了更为自我的表现,出现了漠视生命的道德滑坡,相互缺乏信任的伦理失位,以及缺乏诚信、造假与贪腐等不良行为。

　　用艺术方式反映生活的相声,是以艺术形象来表达思想倾向的,"作者正面地讽刺'假、恶、丑',也就是曲折地宣扬'真、善、美'"[1]。相声《新虎口遐想》的艺术宗旨,自然是通过对某些不良现象及行为的善意讽刺,实现对富强、民主、文明、和谐、自由、平等、公正、法治、爱国、敬业、诚信、友善的社会主义核心价值观的正确引领。作品在描述时代风貌部分所展现出的种种社会发展进步的景象,对富强、民主等社会主义核心价值观的引领自不必说,单就从那些一般意义上的对某些现象进行讽刺的片段来看,这些素材经过艺术的处理出现在作品中以求实现寓教于乐功能的做法,其表面是旗帜鲜明的无情嘲讽,而实质上恰恰是借用这种手法实现了对正确价值观的引领。其目的就在于让某些人知耻而后勇,摒弃那些不良观念和行为,从而实现热爱生命、相互信任、诚信友善的价值引领。换言之,讽刺只是艺术手法而不是目的,鞭策后进、去除社会不良现象才是讽刺的真正意义之所在。

---

① 薛宝琨:《笑的艺术》,百花文艺出版社,1984年,第127页。

总之，相声《新虎口遐想》给予审美主体的感受，不仅是包袱翻抖后的喜笑颜开，更多的是笑过之后的"咂摸""品味"，而对作品价值观的认同使得观众在笑过之后获得了更多的满足感和思想上的启迪、情感上的升华，真正实现了相声《新虎口遐想》价值引领的社会意义。

三、传统文化的弘扬

中华民族的优秀传统文化是中华五千年灿烂文明中的一部分，中华民族在优秀传统文化的滋养下在历史上曾长期处于世界领先地位。现在党和国家号召我们弘扬、传承中华民族的优秀传统文化，中共中央办公厅、国务院办公厅印发的《关于实施中华优秀传统文化传承发展工程的意见》，从国家层面以文件的形式确认了弘扬、传承中华优秀传统文化的重要意义和实施路径，极大地鼓舞了各级、各部门、各行业传承、发展中华优秀传统文化的热情。

曲艺是中华优秀传统文化的有机组成部分，更是传播中华优秀传统文化的重要载体。姜昆作为曲艺界的旗帜性人物，自然会义不容辞地担负起传承、弘扬中华优秀传统文化的重任。但曲艺作品不可能对文化概念进行直白的宣传，要追求钱锺书所说的"如盐在水"，做到视之无色，食之有味，实现思想与内容相互融合的艺术境界，即把"说书唱戏劝人方"之"劝"藏在有人儿、有事儿、有趣儿、有味儿的精彩演绎之中。

纵观相声《新虎口遐想》，以逗人发笑为艺术目的，藏思想于无形的艺术思维之中，让人们在笑过之后甚至正笑之时，因为作品所表现出的种种心系国家民族的社会热点问题而感到扑面而来的浓浓家国情怀。作品中无论是对关系国计民生的交通拥堵、食品安全保障、反腐倡廉等问题的揭示，还是对民间"扶不扶、救不救"等伦理问题的思考，甚至是对记者职业

操守的发问，都渗透着"修身齐家治国平天下"的儒家思想真谛，反映着"家事国事天下事事事关心""先天下之忧而忧，后天下之乐而乐"的忧国忧民的情怀。从另一个角度讲，作品对于人们"向善"的引领，大可理解为传统"仁义"观念在新时期的解读与发展。从中反映出的不仅是对传统文化思想的传承，更是对传统文人爱国爱家修为的弘扬。还有作品中时时插入的对三十年前场景的回眸，从弘扬传统的角度分析，也是对现代患上了"城市病"的人们的劝导。因为人们的内心被"城市森林"所阻挡而缺乏沟通，爱上手机的"低头族"沉迷于各种话题而迷失自我，面对面交流沟通的传统同样应该得到传承。

弘扬传统文化是一个非常宽泛的概念。具体到相声，其首要的艺术功能就是"劝人方"，即劝诫世人"向善"而远离"丑恶"。这一点，相声《新虎口遐想》显然已经做到了。

总之，相声《新虎口遐想》切中了时代的脉搏，源于生活又富有创造性，无论是艺术质量还是受关注程度都证明了该作品无愧于"时代强音"的美誉。其直面现实内容之"真"，实现价值引领、弘扬传统文化之"善"，是作品的艺术魅力之外给予社会民众的又一文化贡献。因为"'真、善、美'是一个有机整体，'真'是其中的主体。离开典型化的'真'不是'真'，也没有'善'和'美'可言"①。相声《新虎口遐想》的艺术之"美"，与内容之"真"、内涵之"善"构成了相互的依托，符合中华民族"至真、至善、至美"的美学追求，彼此之间又有着不可分割的必然联系，真正做到了"唯有尽善，方能尽美"。

（贾振鑫，山东省聊城市曲艺家协会主席，聊城大学音乐学院教师。）

---

① 薛宝琨：《笑的艺术》，百花文艺出版社，1984年，第127页。

姜昆与戴志诚表演相声，摄于 2004 年。

老少皆宜的相声艺术。

相声的三种精神

——从《新虎口遐想》谈起

○刘　雷

　　近年来，经典文艺作品的翻新成为社会关注的焦点和热点，《三国演义》《西游记》《水浒传》等一批影视作品的翻新都以失败而告终，可见，经典翻新似乎成了艺术界的大忌。相声也不乏翻新经典的作品，如《新地理图》《新对春联》《新论捧逗》等传统相声的翻新，不能说是失败，只能说是旧瓶装新酒，换汤不换药。所谓相声的"旧瓶装新酒"，是指在保留原作品结构形式的基础上，将其中不符合时代审美的陈旧包袱，替换成当下大众文化中流行的新包袱。可见，相声作品的"翻新"只是内容上的替换，并非结构形式上的改变。

　　对于中华人民共和国成立后的相声作品，鲜有翻新之作。有人说，《新虎口遐想》也是旧瓶装新酒、换汤不换药的作品。其实不然，仔细对比两个作品不难发现，较之老版的《虎口遐想》，无论是从形式、内容上，还是从表现手法上，《新虎口遐想》都发生了质的改变。

　　《新虎口遐想》是一次有益的尝试，既要出现在全国瞩目的央视春晚舞台上，又要改编由文学大家梁左主笔的一部经典之作，可说是甘愿"冒天下之大不韪"，需要相当的胆气和魄力。而真正成就这部作品的根本原

145

因，在于它成功地诠释了相声的三种精神，即讽刺精神、时代精神、现实精神。本文旨在探讨三种精神的内涵及其相互之间的关系。

一、相声的讽刺精神

纵观相声作品史，传统相声中的讽刺大多是委婉、含蓄的，常常以自嘲的方式、戏谑的口吻演绎世态炎凉。在抗日战争、解放战争、"文革"结束等特殊历史时期，相声更是以直白、犀利的讽刺，宣泄着人民对敌对势力的愤懑和不满情绪。即使是在中华人民共和国成立后出现的歌颂型相声，也未摆脱自嘲的方式，并通过"以反衬正"等包袱组织方法来烘托作品的主旨。可见讽刺精神既是相声的"根"，也是相声的"魂"。什么是相声的讽刺精神呢？即是相声作品凭借温婉平和、宽厚朴实的艺术手法，在抒发直面现实的种种情绪的同时，使艺术发挥出最大的娱乐价值。讽刺精神是相声的传统，支撑着相声走过了一百多年的沧海桑田。然而，从20世纪80年代末开始，由于讽刺精神的逐渐弱化，不敢讽刺、不会讽刺、不能讽刺，使得这一时期的相声作品丢了"魂"，成为无本之木、无源之水，难以为继。

与《虎口遐想》不同，《新虎口遐想》正是遵循了相声传统中的讽刺精神。剖析两部作品，《虎口遐想》中的"遐想"，表现的完全是主人公通过对周遭环境的感官认识所折射出的心理活动，是带有戏谑、自嘲意味的一种生活表达和柔和、委婉的抒情；而《新虎口遐想》中的"遐想"，则是将主人公置身于大环境中，从他的所见所闻里反射出社会的种种现象，这是近乎犀利、直白的揭露。换句话说，《虎口遐想》是主人公的"遐想"，而《新虎口遐想》则更像是主人公的"遐观"，冷眼旁观世态炎凉、人情冷暖，这便是相声的讽刺精神。

另外,《新虎口遐想》在形式上延续了相声传统中的讽刺精神,它将"婉讽"和"直讽"相结合,并不是用"赤裸裸"的教育方式来引导观众,而是通过典型环境中的一例例典型人物和典型事例去启发观众的评判,让观众把自身的道德评判标准融合到作品中去。相声的讽刺精神原本如此,讽刺的目的是娱乐,讽刺精神的目的则是循循善诱,几乎很少有直白的告诫,更多的是温婉的劝导。这里不得不提到相声的教育功能。相声的教育功能几乎成为近十几年来的一个热点问题。实际上很多人曲解了这一概念。教育的方式有很多种,相声属于寓教于乐,其最终目的在于"乐","寓教"只是艺术表达或是艺术手段,至于观众能否认同,这就需要每个观众根据不同的思想观念去认知了。在这里,"乐"就是讽刺,"教"就是精神。所以,讽刺精神并非是单纯地表达对社会、人生的负面情绪,因为它注重的并非是"讽刺",而是更深层次的精神实质,"讽刺"仅是一种手段,其"精神"才是最终的诉求。褒中有贬,贬中有褒,作品看似处处带刺,其实更加体现出对社会的关注、关心和关爱,充溢着满满的正能量。

二、相声的时代精神

有人将相声作品根据不同历史时期划分成两种类型:一是传统相声,二是现代相声。实际上,这种归类方法就是以时代作为划分界限,即新旧两种不同时代里所诞生的作品。

所谓"传统"与"现代",也有着一定的时间范畴和社会属性,再过几十年,也许我们现在提出的"现代"也变成了"传统",而现在提出的"传统",可能如像生、参军戏甚至俳优等古老的曲艺形式一样,被世人载入史册,束之高阁,成为历史。所以"传统"放在它所处的时代和社会中就是"现代",而"现代"与时代渐行渐远,与社会最终脱节之后,也就成了"传统"。

换句话说,"传统"是"现代"的参照,"现代"是"传统"的衍化。

由此可见,任何一门艺术都没有调控时代的能力,它们仅仅是作为一种艺术形态生存在时代之中,随着时代的变化而变化,随着时代的发展而发展,物竞天择,那些没有跟上时代的必将被淘汰。正是因为作为传统艺术的相声具有时代精神,才得以延续至今,并且在多元文化格局中占有一席之地。所谓相声的时代精神,即是在不同的时代背景下,作品以审视时代的视角,反映所处时代的风貌风情,以及用以记录时代、反映时代的一种责任意识。其具体表现形式就是与时俱进。

随着时代的前进,社会、政治、文化都发生了翻天覆地的变化,文艺作品也随之改变,必然会带有一些明显的时代特色。那些故步自封、抱残守缺的艺术品,早已被历史和社会所尘封,只有不断与时俱进、创新发展的文艺作品,才能稳步前进。在这个过程中,自然要受到来自四面八方的压力,这是自然进化规律,也是艺术发展规律。当然,不同历史时期的相声作品所反映出来的价值观、人生观、世界观是不同的,我们不能仅以当下的视角来评判不同历史时期作品的质量优劣,而是要置身于时代之中去衡量,用时代的眼光审视历史、审视艺术、审视作品。

《虎口遐想》固然是时代经典之作,《新虎口遐想》亦是时代上乘之作。在浮躁、功利的年代,这个作品带给我们的是一种责任感,表明了作者和演员的心迹,是在用心感受社会,感悟生活,感慨人生。相声需要具有时代风骨、时代筋骨、时代铮骨的作品,这恰恰与低俗、恶俗、媚俗相对立,只有这样才能显现作品的卓尔不群。

新的虎口、新的老虎、新的围观群众、新的遐想,只是主人公从青年变成了"大爷",但心态依然是新的,这些"新"都反映出相声作品的时代精神。也许再过一个三十年,《新虎口遐想》也会成为时代的记忆,届时必将还会有新的时代烙印出现。

三、相声的现实精神

现实精神不同于时代精神。"时代"可能是短短的几年,可能是几十年,也可能是上百年的时间,它所观照的是历史的沧桑变化;"现实"是发生在当下的,是现实生活中的琐碎小事,是现实社会的真实写照,是现实人生的客观反映。也就是说,时代的范畴更大,而现实的范畴更细密,其视野是不同的。

传统相声和现代相声的本质差异在于,传统相声是对现实生活夸张、荒诞的表现,以此来产生包袱笑料;现代相声更多的是将生活照搬与复原,略加修饰整合,通过现实生活中的幽默元素引发观众的共鸣,以此来产生包袱笑料。由此可见,"传统"和"现代"都是以现实为依托,这就是相声的现实精神。相声的现实精神不完全等同于现实主义。现实主义是对现实毫无修饰地加以客观呈现。所谓相声的现实精神,是指通过对现实进行艺术化的处理来反映生活的真实。通俗地讲,相声的现实精神就是我们通常所说的"接地气"。现实精神是一种态度,是一种自觉,其精神实质就是为现实服务。

《新虎口遐想》正是透过生活里的真实,将一桩桩小事串联在一起,组成一个看似荒诞、实则现实的艺术作品。这个作品可以说是"传统"与"现代"的结合,它是用传统相声的方法技巧将一个个活生生的事例组合在一起,这些事例都是现实生活的真实写照,如网络直播,发微信、朋友圈、堵车,没有 WiFi 信号等情节,无一不是我们日常经常遇到的琐碎小事,只是作者将其艺术化处理之后,使其有了巧合和矛盾,才成为舞台上我们看到的那件"艺术品"。

作品的结尾部分用"苍蝇、老虎一起打"的包袱作"底",有着极广的深

意。相声大师张寿臣先生曾经说过："作为相声演员，不谈政治，不离政治。"可以说这个"底"很好地诠释了这一观点。通篇作品并没有涉及政治领域，然而却在"底"上贴合了新一届党中央"苍蝇、老虎一起打"的反腐思路，《新虎口遐想》也因此被贴上了"反腐相声"的标签，这也是相声现实精神的具体体现之一。

然而现实精神却离不开浪漫情怀。无论是哪一部相声作品，在现实精神的观照下，总是散发着浓浓的浪漫情怀。这也正是现实与浪漫、主观与客观的交互与碰撞。《新虎口遐想》便是用婉转的笔法来剖析生活、解读生活，情节中处处充满了戏谑与玩笑，小事不大，大事不小，处处折射着浪漫情怀。

如果说讽刺精神是相声的"根"，那么时代精神就是相声的"本"，而现实精神就是相声的"花"。讽刺精神是相声的内涵，是一切相声的基础，只有具备了这个基础，才能生出时代精神这个好"本"，进而开出现实精神之"花"。如果相声失去了讽刺精神，那么它就失去了艺术本性，即艺术的美；如果相声失去了时代精神，那么它就失去了艺术的基本功能，即艺术的风骨；如果相声失去了现实精神，那么它就失去了艺术的社会价值，即艺术的存在感。可见，三种精神缺一不可。

三十年光阴，可以是稍纵即逝，可以是瞬息万变，也可以是悠悠长河。从1987年到2017年，相声在这三十年间经历了从颓废到复兴的过程。在这段历史长河中，既有喜又有悲，既有涨又有落，既有合又有分。如今的焦点重新回到了相声身上，这是几代相声演员共同努力的结果，而《新虎口遐想》则给了当下的相声发展一种新的启示和意义。

时代需要精品，但精品毕竟是少数。我们应该清醒地认识到，当下是传统艺术的复兴时代，绝非精品时代，只有正视了这个问题，才能树立起文化包容、文化自觉、文化自信的思想意识，让我们的相声在艺术这个"虎口"得到新的"遐想"！希望借助这份"遐想"，在相声趋于平复之际，认真总结、思考相声的未来，让相声逐步走向正轨，从高原冲向高峰。

（刘雷，天津市艺术研究所助理研究员。）

社会发展需要更多"虎口"中的遐想

——新旧两版《虎口遐想》的现实意义

○ 刘文赟

相声这一艺术形式从产生至今已历经百年，数代相声艺人呕心沥血，前赴后继，不断完善和丰富着这门艺术，终于把相声从艺人营生的手段发展成为最受观众欢迎的艺术形式之一。在我国，不论男女老少，都能说出几个自己喜欢的相声作品和相声演员的名字，足见相声受欢迎程度之高。在我国社会发展的各个历史时期，有影响力的相声大腕、经典的相声作品更是不胜枚举。像中华人民共和国成立初期小立本表演的《社会主义好》，马季表演的歌颂社会主义的《找舅舅》、庆祝中国人第一次登上珠穆朗玛峰的《登山英雄赞》，姜昆、李文华讽刺"四人帮"的《如此照相》……纵观这些为人们津津乐道的名家和作品，都在应时代而变，不保守不泥古，革新向前，并且都有一个共同的特点，那就是对社会发展有着积极的现实意义。

如果说一部好的文艺作品是社会发展的晴雨表，那么《虎口遐想》绝对称得上是相声作品的风向标。新旧两版《虎口遐想》之所以相隔三十年仍能成为社会关注的热点，究其原因就是作品具有超强的现实意义。两段相声都是以第一人称将自己设定在了一定不可能的语言环境中——老虎洞，而在这个特定环境中所产生的一切心理活动和外部响应引发了一系列的包袱和笑料,大有置之死地而后生的意味。试想,在社会发展过程中,又有哪次重大的进步和变革不是在不破不立的绝境中才发生质的改变呢?新旧两版《虎口遐想》,作品结构一脉相承,表演风格前后响应,演者不吐不快、酣畅淋漓,观者意犹未尽、回味悠长。最为难得的是,两部作品在不同的历史时期都引发了观众在笑过之后的深深思考。

为往圣继绝学,为万世开太平

三十年前,姜昆和唐杰忠表演的相声《虎口遐想》亮相于 1987 年央视春晚。那时的姜昆风华正茂,并且已经凭借《如此照相》等作品和连续五年担任央视春晚主持人而被广大观众所熟悉。也正因此,观众对姜昆作品的期待值越来越高。在唐杰忠四平八稳的捧哏风格的支撑下,作品一经播出便迅速引发强烈反响。时至今日,《虎口遐想》依然称得上是姜昆相声的代表性作品。

如果说三十年前姜昆上春晚是为了扬名立腕和体现自己的价值,那么三十年后的 2017 年央视春晚对于姜昆来说早已经没有了当年的吸引力。可以说此时的姜昆早已经声名远播、功成名就,而且此时距离他上次登上春晚已经整整六年,大可不必在已过花甲之年再次掉进老虎洞。其实姜昆再上春晚完全是出于一种文艺工作者的自觉,是作为一名相声演员的职业操守,他在坚守相声这块阵地。他敬畏相声,不忘初心,为了相声再一次登上春晚舞台,接受全国人民更为挑剔的检阅。相声演员改行从来都不是什么新鲜事,得了相声实惠又脱离相声干系者大有人在。不仅是相声,当下社会能把一件事作为自己毕生追求的又有几人?姜昆曾经说过:"岁月不饶人,时常念初心。一代代人的传承为相声做出了杰出贡献,我们永远不能忘记干一行爱一行的初心。"

姜昆六十七岁再登央视春晚舞台，此举正是为了向更多的相声从业者发出身体力行的倡议：作为一名相声演员，你说相声就要爱相声，只有爱相声才能为相声付出，既然选择了为相声付出，就要对得起相声，更要对得起观众。你坚守的是相声的阵地，也是观众的期许，更是相声演员的责任和担当。

为时代擂战鼓，为发展鸣警钟

　　有一段时间，人们曾对相声的"传统"与"现代"、"歌颂"与"讽刺"展开热议，时至今日余温犹在。前者我们暂且不论，因为原本就没有明确的定义来区分相声的"传统"与"现代"，它是随着社会的发展而发展的，并不是一成不变的，这也正是相声至今依然拥趸众多，而个别曲种早已日薄西山甚至踪迹难寻的原因。至于相声的"歌颂"与"讽刺"，也是在特定的历史时期被人为划分出来的，新旧两版《虎口遐想》被普遍认为是讽刺类相声，这本无可厚非。实际上"歌颂"与"讽刺"都是相声的表现手段，"歌颂"不是指鹿为马的附和，"讽刺"也不尽是对社会的全盘否定，一段优秀的相声应该通过这些手段给人以乐观向上的信心和积极健康的导向，新旧两版《虎口遐想》都是这样的作品。

　　1987年正值中国改革开放的初期，全国人民积极投身社会主义四个现代化建设，就连掉进老虎洞里的姜昆也没忘记发光发热，还想着："到电视台叫个摄制组来，拍拍待会儿老虎怎么吃我！拍个老虎吃人的片子卖给外国人赚点儿外汇，也算哥们儿临死以前为'七五'计划做点儿贡献。"还有大家用三十多条皮带拧成的绳子帮助他脱离虎穴，都真实地反映出那个年代国人的精神面貌，也是对那个时代的正面歌颂。即便是讽刺的包袱，如："嗨！上边儿的……什么？给我找动物园的管理员去了！管理员礼

拜天休息？他休息，老虎不休息呀！你们快打电话，你们报个警，什么110、119，火警、匪警都行！什么？找了半天附近没电话？"尽管是对现实的调侃，但在那个年代，电话的确是稀罕物件，也说明在社会发展过程中新生事物改变了我们的生活，抒发了对美好生活的期待和向往。

相比1987年版的《虎口遐想》，姜昆和戴志诚表演的新版《虎口遐想》讽刺的意味更足一些，指向性也更强。比如围观者发朋友圈、手机直播，小伙子不敢施救怕被碰瓷，无良媒体为了吸引眼球恶意炒作，个别人以专家的身份道貌岸然地混淆视听，食品安全、交通压力、环境污染，这些包袱之所以能够引起共鸣，就是因为它们真实地发生在我们的身边。动物园园长克扣老虎伙食费，听上去很荒诞，但时下各个行业层出不穷、花样翻新的贪污案例不正是园长因地制宜进行贪污的翻版吗？或许有人认为掉老虎洞这种事只是臆想的情境，那我们又该如何看待就在2017年春晚结束后第二天宁波动物园发生的老虎咬人事件呢？从姜昆第一次掉进老虎洞，这个问题我们已经想了三十年，怎么还在现实中发生了呢？单从这段作品的信息量之大、涉及范围之广来看，暴露的社会发展问题越来越多，也正因此，才显得新版《虎口遐想》的讽刺力道更足。但我们也要意识到，这些讽刺的内容都是在经历了改革开放三十多年以后，随着人们的生活水平越来越高，社会在发展过程中出现的新问题、新现象。比方说，姜昆举着手机要WiFi密码，反映的是当下网络通信的现象。可是别忘了，三十年前掉老虎洞的时候，大家找了半天附近都没有电话的。相对于恶意的嘲讽，这里的讽刺是有责任感的呼吁，也可以说是善意的提醒。

为曲艺开新花，为相声正视听

在一段时期内，相声不好笑成了最好笑的事。于是有人说："先搞笑吧，

不搞笑就太搞笑了。"这话听上去似乎没什么问题,人们听相声就是为了一笑嘛,再说相声本身不就是逗人发笑的艺术嘛!相声是逗人发笑的艺术,但绝对不是仅仅逗人发笑那么简单!如果一段相声只是单纯地为了搞笑而搞笑,那就真的太搞笑了。习近平总书记说过,不要让廉价的笑声、无底线的娱乐、无节操的垃圾淹没我们的生活。

在2014年的文艺工作座谈会上,习近平总书记指出:"文艺工作者应该牢记,创作是自己的中心任务,作品是自己的立身之本。"在《新闻联播》中,我们也看到总书记拉着姜昆的手说:"作品是文艺工作者的立身之本,现在很多题材可以写成相声。""要多写一些讽刺功能的相声,讽刺不正之风。"于是《新虎口遐想》诞生了。这个作品紧扣时代脉搏,关注社会热点,记录深化改革、反腐倡廉的时代强音,弘扬全社会齐心协力树正风的正能量,称得上是"三性合一"的上乘之作,一定程度上也为今后相声的创作和表演提供了模板。

古代的俳优虽"善为笑言",但其讽谏明显带有规劝的性质,如优孟谏马、漆城荡荡等广为人知的故事,无不夹杂着"位卑未敢忘忧国"的家国情怀。相声是语言的艺术,相声作品应该担负起在社会发展过程中为人民发声的责任。任何一个在舞台上演出的相声作品,都会对观众产生一定的影响,不管你承认与否,这种影响都真实存在。它可能是正面的,也可能是负面的。这种影响会对人们的思想和心灵产生感染,而且这种影响在观众身上的作用是潜移默化的。我们经常说,相声虽不敢说是高台教化,但也是劝人向善,所以几辈相声艺人才努力改进、创新、提升相声。相声是要影响人的,这种影响也必须是积极的。《虎口遐想》绝不是臆想、空想和妄想,而是胸怀天下的理想、设想和畅想。社会的发展需要更多"虎口中的遐想"。

（刘文赟,吉林省曲艺家协会理事,吉林省辽源市曲艺家协会主席。）

相声在基层演出，观众热情似火。

《新虎口遐想》面面观

○张天来

1987年，姜昆和唐杰忠因在春晚上表演相声《虎口遐想》而受到观众的追捧。当时的媒体一致赞扬姜昆的表演刻画出了当时年轻人的心态，反映了年轻人的人生观和价值观。时隔三十年，姜昆和戴志诚将《新虎口遐想》搬上了2017年的春晚舞台。这次的"新遐想"不再只针对年轻人这个群体，而是紧扣时代脉搏，反映了当下大多数人的社会价值观，揭示了一系列社会问题，因而再次受到观众的热捧。

笔者查阅数据得知，CSM全国网收视率最高的五个节目中就有相声《新虎口遐想》（36.36%），排名第四；尼尔森网联收视率最高点为相声《新虎口遐想》（36.18%）；酷云关注度最高点也为相声《新虎口遐想》（10.82%）。在这三大数据中，《新虎口遐想》都处于2017年央视春晚收视曲线的高位。当下的媒体也对《新虎口遐想》这个作品进行了多方位的报道，并将这个作品的特点进行了多角度的分析。

一、融入反腐题材，讽刺贪污腐败

长江网在评论中指出："正当人们沉浸在浓浓的节日气氛中时，一档

新版的《虎口遐想》将人们的思绪推向反腐的情境之中,在寓教于乐中又给人们敲响了反腐败的警钟,同时也给那些立场不坚定、思想松懈的官员打了预防针。"《法制晚报》也在评论中说道:"新版相声以反腐'打虎'为创作蓝本,在让人发笑的同时,也引人深思。这段全新的相声作品借'动物园园长贪污老虎伙食费'等调侃,讽刺贪腐,大受欢迎。"

从以上两段媒体评论中可以看出,媒体对《新虎口遐想》中融入当下最受老百姓关注的反腐问题的做法高度认同。一个小小的动物园园长也要贪污老虎的"口粮",何其讽刺。贪污老虎的"口粮"折射出当下腐败问题的严重性和反腐的必要性。《新虎口遐想》通过对动物园园长的讽刺,反映出老百姓对贪污腐败分子的痛恨,同时也彰显了当下党中央反腐的决心。不论是谁,不论其职位高低,只要触犯党纪国法,都要受到严厉打击。尤其是作品最后一句"苍蝇、老虎一起打",正是对这次党中央反腐败行动长效有力的最好总结。

二、百姓生活水平提高,交通压力亟待解决

内蒙古新闻网的一篇名为《相声"带刺儿"更带劲儿——从〈新虎口遐想〉春晚受欢迎说起》的评论文章提到:"用抢险车被'晚高峰'截在半道上了讽刺交通拥堵是《新虎口遐想》的高明之处。"如今百姓生活水平提高,汽车走进寻常百姓家。人们在享受出行便捷的同时,也为巨大的交通压力而烦恼。随着城市化建设的不断深入,城市交通面临着越来越大的压力,车辆拥堵成为大多数城市亟待解决的问题。这个问题在《新虎口遐想》这个作品中被姜昆提及,说明姜昆想借用这个作品极力倡导通过加强交通管理体系和公共交通建设来提升城市通行能力,同时倡导百姓乘坐公共交通工具低碳出行,不占用更多的社会公共资源,使各类应急车辆迅速到

达急救现场。交通便利是文明城市的一种象征,而文明的最高层面是在方便自己的同时也方便他人。

三、物质文明迅速发展,人性道德亟须提升

《人民日报》在《三十年,两次"虎口脱险":相声也要"惩恶扬善"》这篇评论文章中讲道:"摔倒的老人扶不起,倒下的将是社会道德和人与人之间的基本信任。"当下的热点话题"扶不扶"在网上热议了很久。这种社会道德的缺失,造成了人与人之间的相互不信任,所以重拾人们的道德底线迫在眉睫。

姜昆把这种现象融入《新虎口遐想》这个相声作品中,将这个话题再次摆到了大家的面前。道德的底线是什么? 笔者认为道德的底线是法律,遵守法律是最基本的道德。只有在法律框架的保护下,道德才不会冤屈和受辱。但是这也不能说明人们只要遵守法律,就一定能提高道德水平。正如《论语·为政》所言:"道之以政,齐之以刑,民免而无耻;道之以德,齐之以礼,有耻且格。"只有树立良好的道德观念,才能让人们遵守法律,而法律则能为社会道德提供一道屏障。所以,社会应大力提倡树立良好的风气,教育人们心存善念,追求美德。

四、围观心态作祟,人性渐渐冷漠

光明网在一篇名为《春晚相声〈新虎口遐想〉更值得"遐想"》的评论文章中讲道:"其实,《新虎口遐想》并不只涉及反腐,更对社会当下较普遍存在的'围观心态'进行了鞭挞。无论是相声中描述的'掉进虎洞'还是现实社会中遇到有人陷入危境需要帮助,很多人不是第一时间报警或施以援

手,而是拿出手机忙不迭地拍照发微博、微信。"这种围观心态反映了当下一部分人人性的冷漠。

人之初,性本善。人性道德本应该是善良的。然而,随着社会的飞速发展,出现了各种扭曲的道德观,道德滑坡,人们的道德走入困境。党中央治国理政新理念之一就是弘扬"最美风尚",只有重建新的、精神富有的道德体系,提高人们的道德水平,才能解决当下的困境问题。姜昆的《新虎口遐想》正是在积极地呼唤人们内心道德的回归和重建。

五、关注食品和环境污染,回归健康生活环境

《中国艺术报》在《坚守健康、纯正的说唱文学传统》一文中明确指出:"就作品(指《新虎口遐想》)整体性而言,我认为它最难能可贵的品质是'为中国老百姓代言',即恰到好处地体现了这些年来党中央与老百姓关注问题的'平衡点',诸如它婉转折射出的'对人民群众生存与生命的关注''保障食品安全',等等,这些都是党中央近年来高度重视、老百姓十分关注的关系到国计民生的大事。"

近年来,食品安全问题和环境污染问题屡屡出现,屡禁不止。地沟油、滥用农药、雾霾、水污染、家具环保不达标等一系列问题影响着人们的生活,蚕食着百姓的身体。姜昆能站出来用相声为百姓的身体健康呼吁,显示了一位民族艺术家的操守。食品安全问题和环境污染问题已经到了必须严格治理的地步。

民以食为天,食以安为先。回看曾经出现过的食品安全问题,仍觉触目惊心。食品安全问题任重而道远,不容忽视,我们仍需要警钟长鸣。一方面,相关部门要加强食品安全监督,完善相关法律体系;另一方面,消费者需要加强相关常识的学习,提高个人素质,让不法分子无机可乘。

六、媒体消费危难,缺乏人文关怀

中国青年网在《让讽刺成为相声的灵魂》一文中明确指出,《新虎口遐想》有着浓郁的讽刺特色:"用'不去马上救人而是搞长枪短炮的直播'、有奖问答和'感谢刷屏',讽刺某些直播平台的唯利是图、底线丧失、行为扭曲。"在某些直播平台和媒体眼中,人命比不上自己的业绩。

媒体没有想着如何呼吁救人,而是抢占先机,第一时间进行报道,讽刺了个别媒体炒作危难、消费危难的冷漠心态。传播学者施拉姆说:"传播是各种各样技能中最富有人性的。"新闻传播者的主要社会职责本应是传播人文关怀,然而,当下的某些媒体由于利益的驱使,在灾难事件的报道过程中,出现了很多低俗化倾向,以此招徕观众,缺少人文关怀。这就要求新闻工作者必须遵守职业道德,摒弃急功近利的思想,始终坚持以人为本。

七、提防伪专家和伪学者,学会独立思考

内蒙古新闻网在评论文章《相声"带刺儿"更带劲儿》中谈道:"《新虎口遐想》讽刺了某些'专家'纸上谈兵、漠视现实。"《新虎口遐想》中的"明白人"极大地讽刺了那些没有真才实学或者捏造学历的伪专家和伪学者。笔者认为,社会上许多人缺乏独立思考,经常道听途说,所以才给了这些伪专家生存的空间。面对伪专家的言论,一定要学会独立思考,在接受观点时,要通过自己的理解和思考,形成独到的见解,不能人云亦云。

从以上七点可以看出,姜昆表演的《新虎口遐想》,延续了他自己的相声表演风格,更延续了三十年前作品的创作风格,同时也加入了新的元素,注入了新的活力。在《新虎口遐想》中,我们看到了三十年前后人们的物质生活水平发生了翻天覆地的变化,但与此同时,人们的道德水准和思想观念与三十年前也是大相径庭。姜昆的《新虎口遐想》虽然只有短短的十一分钟,但包罗万象,寓意颇深,将当下的社会热点问题一一摆在人们的眼前,让人们去评判和评说。正如前面提到的《人民日报》的那篇《三十年,两次"虎口脱险":相声也要"惩恶扬善"》中评论的:"恰到好处的讽刺是相声艺术的利器,它带给社会以正能量。社会总在不断发展变化,我们的社会出现了这样那样的问题,其实并不可怕,可怕的是对问题视而不见,甚至默然接受,迷失方向。唯有自信、自觉、魄力和敢于'惩恶扬善',才能让相声回归本真。"相声的功能是讽刺、歌颂、娱乐,《新虎口遐想》既有娱乐性,又有讽刺性。姜昆在接受《北京晨报》记者采访时说道:"讽刺首先需要胆量,见到不好的就要说。现在这个社会,你想指责别人,总有人要跳出来讲这讲那。我们从事讽刺工作,脑子里面要想清楚,哪些是老百姓深恶痛绝的东西。其次,讽刺也要有度,是讽刺现象,而不是抱怨,听完让大家觉得是这么回事就可以了,别让大家觉得都是社会阴暗面,看不到光明。"关注社会热点,要有礼有节,寓教于乐。

从三十年前的《虎口遐想》到今天的《新虎口遐想》,我们不难看出,相声能否得到观众的喜爱,主要是看作品是否过硬,演员功底是否扎实,而这二者之间是相辅相成的。一部作品是否过硬,主要是看作品是否贴近百姓的生活,是否反映百姓真正关心的问题。《曲艺》杂志中《相声在代言中实现,春晚在传播中收获》一文指出:"作品(指《新虎口遐想》)直接以当下的时代精神和社会意识作为审视的力量依托,把矛头指向娱乐性的报道方式、官僚性的决策方式、损害性的生产方式,彰显相声讽刺的力量,在笑声中承担了央视春晚相声应有的担当,实现了艺术的社会价值。"优秀的作品都是紧扣时代脉搏,和百姓的生活息息相关的。它接地气,有血有肉。

众人评点

正是因为有了这些贴近生活、针砭时弊的作品,相声才会得到更多观众的喜爱。

　　人民群众是社会历史发展的主体,要想让相声经久不衰,创作和表演的作品就必须得到人民群众的认可。正如习近平总书记《在文艺工作座谈会上的讲话》中指出的:"随着人民生活水平不断提高,人民对包括文艺作品在内的文化产品的质量、品位、风格等的要求也更高了。"发掘出人民群众生活中的活跃元素,把握人民需求,以充沛的激情、生动的笔触,创作和表演更多的优秀相声作品,这才是相声生存和发展的根本。

　　(张天来,辽宁省艺术研究所助理研究员。)

姜昆带领中国曲艺演出团来到安徒生童话的
故乡——丹麦，摄于 2007 年哥本哈根。

预设理论下的《虎口遐想》

○吴逸峰

相声这一中国传统民间艺术,吸收口技等艺术之长,不断发展完善,从街头艺术逐渐演变为一种雅俗共赏的艺术,成为深受人民喜爱的艺术门类。相声的精髓在于语言的运用,不借助道具,而是依靠语言描述场景、抖搂包袱,进而引人发笑。相声是语言的艺术,相声将语言视为自己的生命。因此,相声语言必须得到我们的重视。

姜昆本人也将相声语言看得非常重要,正如他自己所说:"语言对于曲艺的创作与表演都很重要,语言是载体,它支撑着曲艺的生命。"[1]三十多年来,姜昆扎根春晚,为千家万户送去了欢笑。其作品贴近生活,针砭时弊,紧扣时代主题,反映了人民生活的变迁。姜昆创作出了《如此照相》《电梯奇遇》《虎口遐想》等一大批大家耳熟能详的作品。其中《虎口遐想》为我们讲述了一个近乎荒诞的故事,观众在姜昆营造的这个虚实结合的环境里,没有体会到主人公在老虎洞里的煎熬与恐惧,而是在主人公天马行空、荒诞不经的语言中开怀大笑。那么,姜昆是如何做到的呢?他依靠的正

---

[1] 姜昆:《马季老师给我的思考》,中国文联出版社,2014年,第61页。

是语言的魅力。本文希望对《虎口遐想》幽默效果产生的原因进行预设理论分析,使观众和读者对这一语言幽默艺术有更深入的理解。

一、语用预设

预设是语用学理论的重要组成部分。语用学研究的是在不同语境中话语意义的恰当表达和准确理解,寻找并确立使话语意义得以恰当表达和准确理解的基本原则和准则[①]。简而言之,语用学是研究语言运用,使语言的表达更具得体性的科学。预设理论本是一个哲学命题,德国人戈特洛布·弗雷格是第一个关注"预设"话题的人,并草创了预设理论。预设分为语义预设和语用预设。语义预设以自己的真实存在来保证话语不荒谬的共知信息[②]。也就是说,要提供给听话人交际双方都认可的真实信息,语义才不会产生荒谬。语用预设是使一个句子具有合适性必须满足的前提条件[③]。我们所说的话虽然是真实的,但是为了取得最佳的交际效果,还需要考虑句子表达的合适性。如果说真实性是外部事实对话语的制约,那么合适性就是具体语境对话语的要求[④]。因此话语的恰当表达和准确理解都与语境存在密切关系。语用预设具有共知性、语境合适性、主观性、可撤销性等特征。当这些原则被违背时,交际就难以顺利进行,而相声语言正是打破了这些预设特征,才获得了应有的效果,逗得人哈哈大笑。

167

① 索振羽:《语用学教程》,北京大学出版社,2014 年,第 13 页。
② 徐默凡、刘大为:《汉语语用趣说》,暨南大学出版社,2011 年,第 85 页。
③ 徐默凡、刘大为:《汉语语用趣说》,暨南大学出版社,2011 年,第 89 页。
④ 徐默凡、刘大为:《汉语语用趣说》,暨南大学出版社,2011 年,第 88 页。

二、基于预设理论的分析

1.打破共知性营造"笑"果

共知性,即共有知识系统,交际双方了解、认可共有知识,以共有知识作为交际前提,在这一前提下,说话人说出认为听话人可以理解的话语,听话人也确实可以准确理解说话人的意图,话语才真正地被理解和接受,交际得以顺利实现。倘若说话人没有提供给听话人足够的信息或者共有信息被曲解,听话人将会对话语进行新的理解,产生交际失误,这种失误是相声艺术采用较多的幽默触发机制。如:

例1:

姜　这算卦的说我二十八岁就是今年我有场大难,头些日子过完生日了,我自己还美呢。

唐　大难躲过去啦。

姜　今儿一琢磨呀,人家大概是按阴历给我算的。

例2:

唐　想得不错。

姜　想得是不错,腿可得站得起来啊!

唐　腿都软了!

姜　当时我是这么考虑。

唐　你考虑什么?

姜　咱们都进行过法制教育,有个《动物保护法》你知道吗?

唐　知道。

姜　谁打死老虎判刑两年哪!

唐　你这法制观念还挺强。

姜　你说谁定的这个法？合着我打老虎犯法,老虎吃我白吃?

例3:

姜　算了,死了就死了吧,反正老子从小到大还没死过一回呢……

唐　啊? 活着的人都没死过呀!

例1中,姜昆没有给大家提供足够的信息,观众不了解姜昆生日的具体时间,因此姜昆在说"头些日子过完生日了,我自己还美呢"的时候,观众建立起预设——前段时间是姜昆的生日，也就理所当然地认为姜昆已经过完生日,大难已经躲过去了。但是姜昆没有说明自己过的是阴历生日还是阳历生日,因此才会在"人家大概是按阴历给我算的"这句话出现的时候发生预设的不协调,即阴历生日还没有到,大难会来,进而引得大家哄堂大笑。而在例2、例3中,姜昆则对大家的共知信息进行了曲解。打死老虎会被处罚和人只能死一次,这是大家的共有常识。但是姜昆却说"合着我打老虎犯法,老虎吃我白吃",他认为只制定《动物保护法》的做法有失公允,应当有保护人的法律。正因为这种理解是荒诞的、扭曲的,观众才会发出笑声。在面对即将被老虎吃掉的窘境时,姜昆使用了一个"过"字,动词加上"过"表示过去式。人的生命只有一次,并不存在"死过"一说,姜昆对生命只有一次这个事实进行了否定。正是有了对大家共知信息的扭曲,才产生了幽默效果。

2.打破语境合适性营造"笑"果

语境是人们运用自然语言进行言语交际的言语环境①。也就是说言语交际要想顺利进行,言语表达就需要依赖言语环境并与之协调。一个合乎语法规范的句子放在不同的语境,往往会产生完全不同的含义。语言学家索振羽将语境分为上下文语境、情景语境和民族文化传统语境三种,涉及

---

① 索振羽:《语用学教程》,北京大学出版社,2014 年,第21页。

语言因素、交际参与者、历史文化背景等内容。因此,想要了解一句话真正、准确的含义,就要将这句话放在具体的语境中去体会。

例1:

姜　脑袋都大了！当时偷偷瞟老虎一眼,还真不错——

唐　老虎没看见你?

姜　正跟我交流感情呢！

唐　啊? 瞪你哪！

姜　这老虎一瞪我,我脑子激灵一下,"噜噜噜噜",涌现出许多英雄形象！

例2:

姜　"你们要喊口号我来嘛,我离着近,它听得清楚啊。真是的,一……一二三四五,上山打老虎,老虎不吃饭,专吃大坏蛋！"

唐　好嘛,怎么儿歌都出来啦?

例3:

姜　姑娘的裙带子在哪儿呢?

唐　还惦记那裙带子呢。

姜　哬,在这儿呢。赶紧把它解下来,像捧花环一样捧到胸前。哬,带着姑娘的体温,带着姑娘的芳香,带着……

唐　别闻了！再闻还有汗味儿呢。

　　例1中,大部分人与老虎近距离对视时,心态往往是恐惧的、不知所措的,而姜昆却"激灵"一下,脑海中涌现出许多英雄形象。例2中,姜昆在一种极度恐惧的环境里希望通过喊口号的方式恐吓老虎, 即使这一做法是可取的,他的口号也应当是极具威慑性的,然而他喊出来的却是儿歌。两个例子中姜昆的做法不符合一个陷入极度恐慌的人的心态, 也正是这

种心态与话语产生了反差,造成了语境的不合适性,触发了幽默机制。例3中,姑娘运用智慧想出办法解救姜昆,姜昆对姑娘产生好感,说裙带"带着姑娘的体温,带着姑娘的芳香",这符合姜昆感激且满怀爱慕之情的人物心态,然而一句"再闻还有汗味儿呢"却将这种语境打破,同样形成反差,产生"笑"果。

3.利用主观性营造"笑"果

语用预设具有主观性,是指带有断言性质的语境假设,本身并不具备必然的真实性或正确性①。这种预设是说话人从个人视角发出的一种主观信息,这种信息不一定是正确的,听话人也不一定理解。说话人可以对主观信息进行自由加工,这种加工可能会使话语信息和实际情况存在差距。姜昆正是通过这种过度加工的主观信息,传递自己的"一厢情愿"。

例1:

> 姜　要说留几句话,我就埋怨我妈。
>
> 唐　这碍你妈什么事?
>
> 姜　您瞧生我这个儿,旁边儿你们看着我挺高的,拿皮尺一量,一米六五。
>
> 唐　一米六五,凑合啦!
>
> 姜　你和我凑合了,搞对象的姑娘都不和我凑合,一搞对象嫌我个儿太小。

例2:

> 姜　你看这个姑娘,穿着一个绿裙子,正解一条黄裙带。这姑娘简直太漂亮了!
>
> 唐　啊? 都这个时候了,你还有这个心思啊?

---

① 郑国平:《语用预设及其交际功能》,《安徽水利水电职业技术学院学报》,2006 年第 6 卷第 3 期。

众人评点

姜　不是，我是说，你说人家一个姑娘，在这种关键的时刻，挺身相救一个素不相识的人，是不是说明这姑娘……对我有点儿意思？

在第一段对话中，姜昆想在"遗嘱"中埋怨自己的母亲，这是一种带有明显主观情绪的"埋怨"，其身高的高矮与父母存在关联，但其父母并无过错。例2中，姑娘看到有人身处险境，伸出援助之手乃是情理之中的事，姜昆却加入主观判断，认为姑娘的积极热心是对自己产生了好感。因此，姜昆在两段对话中埋怨母亲和认为姑娘对自己有好感都是自己加工的、错误的主观信息，使听话人不能理解。姜昆正是利用这种错误的主观预设来营造幽默效果。

4.利用可撤销性营造"笑"果

可撤销性也可以称为可废除性，预设可以依靠语言结构出现，但是由于语境的变化，预设可以消失或者收回。《虎口遐想》中利用预设的可撤销性，改变了话语含义，形成反差，达到幽默效果。

例：

姜　这回咱们跟领导说话咱们硬气点儿！咱跟他说，抚恤金你爱给多少给多少。

依据姜昆"这回咱们跟领导说话咱们硬气点儿"的说法，他的下文应当是对领导说出立场坚定、态度坚决、不卑不亢的话，但是他却话锋一转，说："抚恤金你爱给多少给多少。"他的自相矛盾使得话语内容相互排斥，导致预设消失，包袱的幽默效果由此出现。

结语

交际中遵循语用学理论可以使交际顺利进行，在艺术创作尤其是喜剧创作中要打破语用学理论，制造反差，实现其"笑"的艺术价值。通过对《虎口遐想》进行预设理论分析，认为相声创作可以运用语用学预设理论，通过打破、曲解预设的共知性，取消语境的合适性，增加预设的主观性、可撤销性等特征来营造幽默效果。除预设理论外，语用学中的指示语、合作原则等理论，也可以为相声的发展提供更加完善的理论支撑。如今相声作为国家级非物质文化遗产，理应受到更多的重视，期待能够通过利用语用学其他理论对相声语言进行分析，为相声创作提供更多新的思路和借鉴。

（吴逸峰，南开大学汉语言文化学院 2016 级硕士研究生。）

众人评点

刺美与对话:跨越"虎口"三十年

○张　斌

　　趁举国"打虎拍蝇"之机,相声演员姜昆于 2017 年在春晚舞台上故地重游,再落"虎口",以作品《新虎口遐想》回应了三十年前的经典之作《虎口遐想》,也带着万千观众展开了一场穿越时空的"虎口"对话。这场跨时空对话的意义要远远超出"幽默"的范畴。可以说,它是对经典的回首,对时代的回望,也是对艺术与世风深邃的一瞥。

　　回望时代,我们不得不重返匮乏而又丰富的 20 世纪 80 年代历史现场。那时候,中国的城市里高楼还不多,马路上汽车的数量也有限,电视机才刚刚开始进入寻常巷陌。与物质的匮乏相比,那时的精神世界却是丰盈的。不难理解,对于压抑了太久的中国人来说,改革与开放所注入的兴奋的剂量是巨大的。在这个春回大地的时期,文化开始复苏,艺术重拾信心。"伤痕""反思""改革""寻根"等"时代共名"的文学思潮层出不穷,一系列以"新"字为前缀的创作流派此消彼长。文学界之外,美术、音乐、戏剧等各个艺术领域同样无不别开生面。应着这股清新的文化空气,属于曲艺范畴的相声开始回归它笑的血液和刺的筋骨。作为一个普通的相声迷,我不断听到身边和我一样的外行们发出对 20 世纪 80 年代相声黄金时期的怀旧

之声。怀旧不是因为普罗大众的思想固化到如同鲁迅小说里的九斤老太一样执念过去，也不仅仅是因为观众的见识广了，笑点高了，评判标准就随之变了，更重要的是，《一个推销员》《纠纷》等一系列诞生于那个年代的经典作品，在给百姓带来欢笑的同时，也以讽刺的智慧和力度，与再度打开思想和情感闸门的民众击掌合拍。

那真是一个告别禁忌的百废待兴的时代，一个呼吸起来没有粗粝的PM2.5摩擦气管的时代！没有这种时代的空气，就不会有艺术独立品格的复苏和相声刺美功能的回归。也正是这种时代氛围，滋养和孕育了姜昆早期相声的艺术风格。1986年《歌唱的姿势》对夸张台风的戏仿，1987年《虎口遐想》中小人物的自嘲，1988年《电梯奇遇》对人浮于事的挖苦，1989年《捕风捉影》对搬弄是非的讽刺。可以说，姜昆相声的艺术风格是那个时代的文化表征。要准确地把握这些作品的价值，是不能脱离历史语境的。在那个改革与开放寄托了无限憧憬与无限可能的时间起点上，相声的讽刺美学不仅作为一种艺术风格，意味着中国当代文化向中华传统文化中由《诗经》所开创的别具一格的"刺体"回溯，它更是一种社会文化心态的映射。通过笑这一非常私人化的生理和心理感受，人的个体地位重新确立，个人与集体的关系模式得以重构，更为真实的群体意识得以重建。因此，以姜昆为代表的20世纪80年代相声的讽刺美学还具有一种重塑个体权利、重建个体尊严的历史意义和时代内涵。其实，那个时代的艺术极其单纯，正如相声的讽刺美学所呈现的那样，成为大众与小众、高雅与通俗、庙堂与江湖普遍追求的艺术伦理。这也是一个高峰得以造就的原因所在。

无论时代如何斗转星移，艺术如何朝风晚雨，相声讽刺的力度是不应泄掉的，表情达意的能见度是不能模糊的。好的相声柔中带刚、笑中含泪、绵里藏针已成常识、共识。但我想说的是，好的相声不仅可以直逼世相，直射人心，甚至可以无限逼近鲁迅文风所达到的那五个"最"字的境界。从这

姜昆在英国伦敦参观"信不信由你"幽默博物馆。

个意义上讲,三十年后的"虎口"回响至少不是挠人脚心的无聊挑逗。

两相对照之下,不难发现关于"虎口"遭遇的原作与新作的路数截然不同。原作的重点在于"遐想"——一个落难的普通小青年以天马行空般的思绪飘散不断地自我调侃、招趣讨笑。为"七五"计划做贡献、找姑娘的裙带子、给老虎找对象……凡此种种,莫不是主人公危机之中不着边际的想入非非。中国明代思想家李贽的文论有"童心"之说,其"绝假存真"的文学理念用来概括《虎口遐想》纯真烂漫的人物塑造和艺术气质是恰如其分的。德国思想家尼采以酒神精神解释古希腊悲剧的根源,实际上酒神精神中那种解放天性的狂欢与相声这种"满嘴疯话"的民间文学的根性也是异曲同工的。我们不妨再掉一下书袋,按照西方文学理论的理解,所谓"黑色幽默"不正是建立在类似的悲伤或遭遇之上的玩笑吗?这样的阐释似乎有点夸张了,但要知道在早些时候,这种插科打诨的小人物是不被认可的,只有高大的英雄形象才合乎艺术的法则。以历史的视角来看,不得不佩服作者和表演者的解构智慧。此外,《虎口遐想》的时代气息浓烈,"新相声"的印记鲜明,但仔细品味便不难发现它骨子里的根脉传承。作品中的主人公"姜昆"身上明显印记着马三立相声中的小人物的影子,与马大哈、张二伯等相似,"姜昆"身上的那种低姿态、小毛病、小聪明等特点同样透着一股可爱劲儿。或者说,他们都是滑稽舞台上的小丑,以精心设计的破绽与失误,猝不及防地去引爆观众的笑点。在严肃的主流文化和拘谨的历史时期中,这种调皮和自嘲是不可想象的。当下流行"吐槽",而在我看来,自我吐槽则更表现出社会心态的大气。

坦白地讲,2017年的新作比三十年前的原作更具批判的锋芒。新作另辟蹊径,其重点不在"遐想",而在于"虎口"。我理解,所谓"虎口"作为作品的重心倒不见得全然体现在对当下"打虎"的社会大主题的唱和,更为关键的是,它是对社会现状、世风世相中种种刺目景象的总体发难。在作品

的开篇阶段,人物那句"怎么没人解皮带"的问句特别具有带入感,一下子就把观众带到了三十年前群众集体解皮带救人的滑稽而又温情的情境里。人物迷茫、失望、诧异的语气和表情,也瞬间构成了三十年前集体援救和三十年后集体围观的时风世风的犀利对比。近些年,网络上有句特别动人的口号——"围观改变中国"。但围观只是改善的起点,以终点论则是一种悲哀。作品准确地把握住时代的某种征候,就此展开了对食品安全、交通堵塞、信任缺失、网络依赖等诸多社会问题的连环讽刺。在这里,其实存在着一个形式与内容的关系问题。对话是作品结构上的艺术原理,而讽刺是作品内容上的艺术伦理。新作的讽刺力度很大程度上是在与原作的对话关系中产生的,因而艺术原理与艺术伦理相辅相成、互为表里。这也构成了一种类似于巴赫金所说的"复调性"的意义空间,作品的讽刺、批判也才更具有现实意义。当然,任何作品都不可能是完美的。大概是因为表演的时间和作品的篇幅限制了新作对社会问题做进一步挖掘的空间,或多或少影响了包袱的效果。从我这样一个普通观众的角度来看,《新虎口遐想》的价值和意义是值得再多一些篇幅,再添几遍拆洗的。倘若如此,跨越三十年的"虎口"对话将是一段更加完美的曲坛佳话。

　　时风易转,世相变幻。"虎口"对话跨越了三十年,但我想相声刺美的艺术伦理一百年也不会变。否则,一项传统文化就将濒临灭绝了!三十年前,"遐想"的笑料来自于"我",作品很谐谑,是一种开放;三十年后,"虎口"的笑料来自于"他们",作品很讽刺,同样也是一种开放。我们之所以为姜昆的"虎口"对话感到欣喜,正是因为我们看到了时代变迁中艺术的某种定力,也期许着社会与人心成为包容艺术追求开放的宏大器宇。

　　(张斌,天津市文联理研室干部,南开大学文学院博士生。)

和西方文化有过几次接触后,我感觉到,大家相互不了解。我想不妨做第一个吃螃蟹的人,希望借助这些译本,将我们的故事和独具特色的幽默传递给外国的观众,让他们对我们中国的文化有一些了解。

外文译本

俄罗斯著名中国专家司格林先生与姜昆谈论相声
艺术,2006 年摄于北京俄罗斯大使馆。

《新虎口遐想》英语译本

Jiang   Thirty years ago, I did a gig called *Scare in a Lair*.

Dai   Yes, and that was very impressive. Let's do this one today then – *Scare in a Lair*, shall we?

J   But that stuff is too old, they've all watched it before. Besides, I can't remember the lines anyway.

D   I wasn't talking about your old gig. Just imagine you fell into a tiger den today – how would things play out this time? That's what I meant.

J   I can't keep winding up in a tiger den, can I?

D   But this is what your audience wants. 〔To audience〕Come on, he needs a little bit of encouragement. Say it with me: "Enter the tiger! " 〔Tiger howls in the background; screen shows tiger〕

J   Holy Mama!

D   Ha, back in the den!

J   Last time this happened, everybody came to my rescue. Women undid their dresses and men undid their trousers... er, so they could yank me out

with their belts! I look around today. There's a crowd all right, but none of them can free up a hand to help me.

D   Why? What's stopping them?

J   They are taking pictures of me on their cellphones!

D   Oh, right, you know why they are snapping away? Posting them on social media, on Wechat!

J   Listen, someone is shouting, "Jiang Kun, turn around, bro, give us a pose."[Mimicking] Seriously? My life is hanging by a thread and you are asking me to pose for you?

D   Then don't!

J   Too late, that guy has already sent a Wechat message saying, "Great news, Jiang Kun has fallen into the tiger den again. Let the likes roll in! " What? You are earning likes at my expense?

D   This is what people do these days.

J   Those of you with a phone up there, please raise the alarm first, come on!

D   Yes, call the police.

J   "We did."

D   But where's the emergency service?

J   "You fell in at the wrong time. It's the evening rush hour. Traffic jam. They can't get here! "

D   Oh, you need to be patient.

J   "That young man up there, ignore them. Just come down and help me get outta here, please."

D   What does the young man say?

J   "Grandpa Jiang, I want to save you, I do, but I dare not, given your age. If

I saved you and you told everyone I had pushed you down in the first place, I'd be damned. What am I supposed to say to my dad?"

D   What a strange thought!

J   Last time this happened to me, I wanted the press to come. I said to them, "Find a reporter from Central Television. Ask him to film the tiger eating me alive. Sell it abroad and make some money. That would be my humble contribution to my country's economic development."

D   Yup, that you did say.

J   But I don't have to ask this time. They are on the scene within minutes of my fall—journalists from broadsheets, tabloids, radio, TV, news portals, you name it. All the cameras zoom in on me. One of them shouts a question at me that sends me fuming.

D   What's that?

J   "Jiang Kun, just to measure your happiness index – are you happy?"

D   There's a time and a place.

J   Exactly. Look at what's going on here. Try and feel "happy" when a huge tiger is cosying up to you! "Hey guys, figure out a solution, pronto! "

D   True, you need a solution.

J   "Mr Jiang, don't you worry. We are using one of your lifelines – asking the audience, and you have the whole nation as your audience. Yes, we are going live."

D   A live broadcast of this mess?

J   Lights, camera, action! The presenter goes, "Dear audience, dear audience, we are broadcasting live from the Big Cats Hill in Beijing Zoo. Just a few minutes ago, Jiang Kun fell into a tiger den again, 30 years after he

had done it the first time. Will Jiang Kun come out of this in one piece? How is he going to be rescued? What are his options? We encourage you to take our online poll. To play our interactive game, just send an SMS or scan the QR code at the bottom of your screen. The winner will have free access to the zoo for a year."

D　How many times a year are you expected to do this?

J　There's a dude doing a livecast on his cellphone: "Hey, what's up? Welcome to my channel. You are in luck. Jiang Kun is back in the tiger den! Thank you for following me. Don't go away! "

D　Oh, user-generated content even.

J　"Please follow my camera. This is Jiang Kun. He is less than five metres away from the tiger. Big data comes in handy. Let's see... okay, this tiger is two years old... It's female... And she is on heat! Thank you for watching. Stay tuned! As you know, in the wild, tigresses are far more aggressive than male tigers and the most aggressive of them all are tigresses on heat! Mr Jiang's odds of survival? Very low! Let's keep our eyes peeled and see what happens next. Please stay tuned! "

D　Eyes peeled for your rotten luck? Come on, those journalists should really try and get you out of there.

J　The voice up there says, "Let's hook up with an expert to provide real-time instructions."

D　You do need some professional advice.

J　Right on cue, an expert's self-assured voice gets piped through: "Jiang Kun's fall into the tiger den can be defined as an unforeseen, unpremeditated misadventure."

D   Fancy that!

J   "We the expert panel came up with 30 options, which were then thrashed out and tested for feasibility over and over again. Eventually we settled on one best solution to extricate Jiang Kun from this pickle."

D   Which is...?

J   "Self—rescue! "

D   Some solution! How are you supposed to do that?

J   "Easy—peasy, as a matter of fact. Right now, Jiang Kun needs to stay calm. You need to ask yourself: Who is it I am facing? A tiger! What kind of tiger? A female tiger! What kind of female tiger? A female tiger on heat. Given the circumstances, Jiang Kun´s best bet is to take on the i—dentity of a male tiger and send a signal."

D   What signal?

J   "A mating signal! "

D   Mr Expert, seeing Jiang Kun is in his 60s, do you think it´s not too late for him to practise sending such signals?

J   "Easy—peasy, as a matter of fact. Generally speaking, first you act like a male tiger, then you slowly walk up to the tigress from behind, then you nibble at the tigress´s ear, then you..."

D   Er, will there be any more "then" by then?

J   I know, I am so freaking out. I am safe for now by staying put, but you are telling me I should stick my neck out and crawl over? I nibble at the ti—gress´s ear, she turns around... and sinks her teeth into my perfectly posi—tioned neck... Hang on, what kind of signal is that?

D   A mating signal, they say.

外文译本

J A suicidal signal, more like!

D Mr Expert, no, your solution won't work.

J The expert starts speaking again, "If you ditch Plan A, Plan B kicks in – we'll send in rescuers."

D How are they going to do it?

J "We will have firefighters stand atop the Big Cats Hill, flowing a lope down."

D Doing what down?

J Flowing a lope down.

D Oh, throwing a rope down.

J Flowing a lope down.

D Yes, good idea, flowing a lope down.

J What's good about it? What do they want to achieve with that rope?

D Throwing a rope down... as a lasso of course!

J Who do they want to lasso?

D It doesn't matter now. There's only you and the tiger down there. A stab in the dark. Whoever they catch and hoist out, you are saved.

J Well, that's a lousy idea! I am so upset I start slapping my thigh, and that jogs my memory: How could I forget that? I have a phone on me, too!

D Hurry up, call the police!

J I take out my phone. Oh, no! What a let-down! Normally, my phone is flooded with harassing calls and scam SMS. But now, when I really need it to work, it says no service! "Those of you up there, please ask if they have Wi-Fi coverage here. I need the password. Ask the director of the zoo. What? The director was taken away by the police last night?"

D   He was arrested?

J   "On what charge? Skimming the tiger's food money?"

D   Oh dear!

J   Which means I'm facing a starving tiger!   "Tiggy, Tiggy, hello there, open your eyes and look here. It's me. I'm back. I know this place, coz I was here 30 years ago. You were not born yet. Your dad was here. Speaking of your dad, I have a confession to make. Back then, I promised your dad that if I got out alive, I would find him a wife. I didn't. Society out there had a bad influence on me. I was too busy looking for a girlfriend for myself and cleanly forgot about my promise to your dad!   I don't know if he found a wife in the end. Oh, he must have. You are the proof, aren't you?"

D   He is scared out of his wits.

J   "Tiggy, darling, let me tell you, if you had eaten me 30 years ago, I would have been green food. If you ate me now, you would be eating something different."

D   How different?

J   "You see, I've had my home redecorated many times since then. Just imagine the amount of toxic fumes I have inhaled, plus all the bathtub booze I have downed and all the food additives my body is pumped full with. Eating me would be like eating poison. I don't think it's good for your petite body."

D   Do you think the tiger gets what you are saying?

J   At this point, the tiger looks up...Whoosh and flop!

D   She pounces on you?

外文译本

J   Whoosh and flop... She sprints back into her cave and slumps into a resting pose.

D   Oh, she's gone home.

J   Silly me! It's just dawned on me: This is not a wild cat in the safari park. It's a tamed tiger in the National Zoo. Humans are not part of their diet!

D   So you are out of the woods!

J   I am over the moon. "You are not a man-eater, but why are you in the cage? Hey, come out and play with me! Come, come! " No matter how I tease the tiger, she refuses to budge.

D   Why doesn't she come out?

J   My guess is she knows what's happening out there. She is worse off once she is out.

D   What is happening out there?

J   These days, both flies (petty embezzlers) and tigers (big grafters) are getting a good beating!

D   Ha, even a tiger knows that?

姜昆开辟相声"走出去"工程,造访加拿大蒙特利尔
"幽默艺术节"组织者,摄于 2009 年。

《新虎口遐想》日语译本

姜　30年前、『トラの妄想』(中国語名　虎口遐想) という漫才を演じた
　　ことがあったな。

戴　なつかしいなあ。よく覚えてるよ。今日はその『トラの妄想』を演じ
　　ようか。

姜　あの漫才なら、多くの人が見たことあるだろう。でも、セリフを忘
　　れちゃったよ。

戴　誰が30年前のを演じろって言った? 今日また動物園のトラ園に落
　　ちたら、どんな妄想をするか考えてみろよ。

姜　トラ園に、数年ごとに落ちるのか?

戴　観客が落ちてほしいって思ってるんだからさ。さあさあ、観客の皆さ
　　ん、ちょっとご協力をお願いします。大声で叫んでください。せーの、
　　「トラが出たぞー」(SE:トラの鳴き声、スクリーンにトラの映像)

姜　わ、わ、わーーー!

戴　あ、またトラ園に落ちたぞ!

姜　当時、俺がトラ園に落ちた時、みんなに助けてもらったなあ。女性

はスカートの紐をほどいて、男性はベルトをはずして、俺を引き上げてくれたもんだ。しかし今、あの娘をちらりと見たんだが、来ている人が多すぎて、俺を助けちゃくれない。

戴　彼らは何をしてるんだ?

姜　みんなスマホで俺の写〆撮ってるのさ!

戴　そうそう。なんで写〆撮るかわかるかい? Wechat(チャットアプリに)メッセージを送って、モーメンツで共有するのさ!

姜　こっちじゃまだ呼んでる。「姜昆、振り向いてポーズ取れよ!」って。(そう言いながらポーズを取っている)トラ園に落ちてまでポーズ取ってる暇なんてないよ、ほんとに。

戴　なら、ポーズなんて取るなよ。

姜　みんなすぐWechat送るんだよ、「おい、早く見ろよ。姜昆がまたトラ園に落ちたぞ。いいね! ボタンを押そうぜ」だって。俺がトラ園に落ちたのに、いいね! はないだろ?

戴　流行りだろ!

姜　上の誰か! 携帯あるんなら、先に警察に通報してくれよ!

戴　そうそう、先に警察に通報。

姜　「もう通報したよ! 」

戴　救急車はまだ?

姜　「おまえの落ちた時間が悪いんだ。夕方のラッシュ時じゃないか」って言うんだ。

戴　あわてず、待つしかないよ。

姜　「おーい、そこの若者、若いんだから、彼らはほっといて、降りてきて助けてよ」

戴　そしたら、若者はなんと言った?

姜　「姜じいさん、助けたいのはやまやまだけど、あなたのような年の
　　方は助けられません。助けてから、僕があなたを突き落としたって
　　言われたら、父さんに説明できないから」

戴　その若者は、なんでそんな考え方をするんだ?

姜　30年前、トラ園に落ちた時には、記者に来てほしくて俺は彼らにこ
　　う言ったんだ。「中央テレビ局へ行って記者を探せ、トラがどうやっ
　　て俺を食べるか、人を食うのか、映像を撮れるぞ。外国人に映像を
　　売って外貨を稼げるぞ。俺は死ぬ前に、国家の経済政策に貢献する
　　んだ」

戴　確かに、そう言ってた。

姜　今日は記者を呼ぶ必要はなかったな。落ちて3分も経たず、有名新
　　聞の記者、ゴシップ紙の記者、ラジオ記者、ネット記者らがこぞって
　　来たんだ。色々な長さのマイクが私に向けられて、みんな同じ質問
　　をしたから、怒り心頭だ。

戴　どんな質問?

姜　「姜昆、幸せですか?」だとさ。

戴　何てこった。質問は悪くないが。ただ場所が適切じゃない。

姜　そこかい!? お前も降りてきて、虎と仲良くやればいいじゃないか!
　　とにかく早く脱出方法を考えてくれよ。

戴　うーん、考えなくてはな。

姜　「姜昆、社会全体を動員して方策を考えているところで。我々はい
　　ま、生中継もしています」

戴　これを生中継だって?

姜　照明も当てられている。カメラも回ってる。リポーターもこんな報
　　道をしているんだよ。「現場です、現場です。北京動物園のトラ園の

前に来ています。わずか数分前、30年ぶりに、姜昆がまたトラ園に落ちました。救出は可能なのか? いかに救出するか? どのような方法で救出すればよいのか? 視聴者の皆さんに、ネットでその答えを募集します。ショートメールを送信するか、またはQRコードをスキャンして我々の双方向番組にご参加してください。当たった人には抽選で、動物園年間パスをプレゼントします! 」

戴　なあ、1年でお前は何回トラ園に落ちるんだ?

姜　あ、携帯でライブ中継してる人もいるぞ。「現場です、現場です。皆さん、私の小さな部屋をご覧ください。今回は見逃しちゃだめですよ。姜昆がまたトラ園に落ちました。視聴ありがとう。視聴ありがとう! 」

戴　SNSだ!

姜　「いま、映像を見られます。これが姜昆です。トラまで5メートルのところにいます。ビッグ?データによると、満2歳のトラらしいです。老いた母トラで、発情しているそうです。名前は、あなたの美しい髪を通り抜ける私の手」

戴　何? 何? これがトラの名前?

姜　ハンドルネームです。

戴　トラもネットやるのか?

姜　飼育員はオンライン中さ。

戴　トラの名前は?

姜　「トラの名前は、ドゥドゥです。視聴ありがとう!視聴ありがとう!ビッグ?データによると、屋外では、母トラの攻撃性はオスよりずっと高いようです。しかも発情中の母トラは最も危険だそうです。こうした状況を鑑みて姜昆は今回こそ、生き残れないのではないでし

ようか。乞うご期待です！ 視聴ありがとう！ 視聴ありがとう！

戴　ったく！ 何が「乞うご期待」だ? 記者のやつら、助ける方法を考えて
　　くれよ。

姜　さっきはこういったじゃないか。専門家と中継で結んで、現場への
　　アドバイスをお願いするって。

戴　そうそう、専門家に教えを請わなきゃ。

姜　早速専門家の声が聞こえてきたぞ。「姜昆がトラ園に落ちたのは突
　　発事故です」

戴　そりゃ、突発事故でしょ。

姜　「我々専門家は30の対策案を考えました。検討の結果、救出方法を
　　決定しました」

戴　どんな方法だ?

姜　自力救済!

戴　それじゃ何も言わないのと同じじゃないか。自分でどうにかしてっ
　　て? どうしろって?

姜　「実際には簡単なことです。姜昆は冷静になって、目の前に何がい
　　るのか考えるべきです。トラですよ! どんなトラか? 母トラ! どん
　　な母トラ? 発情期の母トラ! こうした現状を鑑みて、姜昆はオスの
　　虎になって、アピールするんです」

戴　どんなアピール?

姜　「求愛行動のアピール! 」だとさ。

戴　専門家の先生、姜昆はもう還暦を越えました。いまさら求愛行動の
　　学習は間に合いますか?

姜　「そんなの簡単さ。普通、雄トラに学んで、そっと母トラに近づい
　　て、母トラの耳を甘噛みして、それから…」

戴　おいおい、その後がまだあるのか?

姜　もういいよ。泣きたくなってきた。俺はぜんぜん大丈夫。トラ園を
　　自分でよじ登ってみようかな。首を伸ばして母トラの耳を噛んで
　　みるかな。トラが振り返って、俺の首がトラの口の近くにあったら、
　　直接首をかまれるかな? これは何のアピールか?

戴　これこそ求愛行動じゃないか?

姜　これは自殺行為だ!

戴　専門家の先生、これじゃダメでしょ!

姜　専門家はこうも言った。「これがだめなら、外から救助の手を指し
　　伸ばさなければなりません（外から救助する方法を採用せねばな
　　りません）」

戴　どうやって?

姜　「消防隊を呼んで、トラ園の上に立ち、下に向かって、（方言で）縄を
　　だべだべしよう」

戴　下に向かってなんだって?

姜　（方言で）縄をだべだべだ。

戴　あ、縄を投げるってことか?

姜　（方言で）縄をだべだべするんだ。

戴　そうそう。（方言で）縄をだべだべか。これは妙案だ!

姜　何が妙案だ。縄を投げてどうするんだよ?

戴　縄投げて、そりゃあ、からめ取るのさ!

姜　誰を?

戴　誰だってからめ取ればいいんだよ! 下はお前とトラだろ? どっちか
　　をからめ取れば、お前は助かるんだから。

姜　こんなんじゃダメだ!（怒った俺は太ももをたたきつつ）ほっ! 忘れ

てたぞ。俺は携帯を持っていたんだ!

姜 じゃあすぐに警察に通報しろよ!

姜 そこで携帯を取り出してみるが…何て役立たずなんだ! 普段は迷惑電話やスパムメールばかりなのに、こんな時にアンテナが立たないなんて! 上の誰か! WIFIはないのか? パスワードを教えてくれ! 動物園の園長に聞きにいってよ。何? 園長が昨晩、検察に連れて行かれた?

姜 捕まったのか?

姜 何? 何? トラのエサ代金を横領?

姜 はあ?

姜 このトラは腹をすかしている? おいおい、なんて動物園だ。園長が公職を解かれて、飼育員はネットで遊んでばかり。誰がまともな仕事をしてるんだ?

姜 さっさと自分で解決法を考えろ。

姜 「トラよ、目を大きく開いてよく見ろよ。お、俺はまた来たぞ。ここはよく知ってるんだ。30年前に来たことがあるんだ。あの時に会ったのはお前じゃなかったけど、な。きっとお前のお父さんさ。あの時は悪いことをしたよ。30年前に、俺はお前のお父さんと約束したんだ。俺が無事出られたら、雌トラを紹介するって。

でもな、脱出したあと、せちがらい世の中に流されちまって、自分の彼女探しに没頭してしまってさ。お前のお父さんに紹介することを忘れてしまったのさ! その後彼女は見つかったのかな。あ、そうか、お前が生まれたってことは良い相手が見つかったってことだよな!」

姜 その会話、クラクラする。

姜　「おい、トラ。教えてやろう。30年前の俺を食べたんなら、俺は無農
　　薬の健康食品だったさ。今俺を食べたら、そうじゃないぞ」

戴　どう違うんだ？

姜　「ここ数年、家を何回もリフォームをしたからな。どれだけ有毒物
　　質を吸い込んだかわからない。偽酒もたくさん飲んだ。いろんな食
　　品添加物も口にした。俺を食ったらそりゃ、毒を飲むのと同じさ。お
　　前は耐えられないかもしれないぞ」

戴　トラに理解できるのか？　お前の話は？

姜　ここまで話して、トラは顔を上げたのが見えた。おー、おー！

戴　襲い掛かってきたのか？

姜　おー、おー、トラが檻に入っていった！　寝転んで動かなくなったぞ。

戴　檻に自分で入っていった？

姜　そうだ。思い出した。そういえば、野生動物園のトラじゃないんだ。
　　ここは国営動物園だから訓練されたトラなんだ。人は食わないさ！

戴　じゃあ大丈夫じゃないか！

姜　あー、よかった。食わないんなら、別に檻に入らなくてもいいよ。お
　　い、出てきて遊ぼうぜ！　なんだよ、吠えてみろよ。どうしても出てこ
　　ないのか！

戴　なんで出てこないんだ？

姜　きっと世情を分かってるんだ、出てきて良いことはないからな。

戴　どんな世情さ？

姜　いま？（習近平主席が提唱している）徹底的に腐敗を取り締まるス
　　ローガンは、「ハエもトラも一網打尽」じゃないか！

戴　あいつにもそれがわかるのか?!

　　姜昆与三十九年前一起在日本 NHK 电视台演出的日本著名
漫才家——九十岁高龄的内海老人（现任日本漫才协会会长）又一
次相逢在东京的舞台上，摄于 2015 年。

《新虎口遐想》德语译本

Jiang   Vor 30 Jahren habe ich das Stück „Tagtraum imMaul des Tigers"
      aufgeführt.

Dai   Wir sind tief davon beeindruckt und können uns alle noch gut daran
      erinnern. Also komm, dann führen wir das heute nochmal auf.

J   Das alte Stück kennen doch schon alle. Außerdem habe ich den Text
     schon längst vergessen.

D   Wer hat denn was davon gesagt, dass du dasselbe Stück wie vor 30
    Jahren aufführen sollst. Stell dir vor, du fällst heute wieder in das
    Gehege des Tigers. Was für einen Tagtraum hättest du heute?

J   Wer ist denn so ungeschickt und fällt alle paar Jahre ins Tigergehege?

D   Komm schon. Die Zuschauer wollen das unbedingt sehen. Meine Damen
    und Herren, tun Sie mir einen Gefallen und rufen Sie mit mir zusammen:
    „Der Tiger kommtheraus."

J   Ach du (lieber Gott)liebe Guete!

D   Und da ist er schon wieder reingefallen!

J   Als ich damals reinfiel, haben mir alle Umstehenden mit ihren Gürteln geholfen.

D   Um dich (rausgezogen) rauszuziehen.

J   Schau mal heute. So viele Leute sind da, aber keiner hat die Hände frei, um mir zu helfen.

D   Was machen die denn?

J   Die machen Bilder von mir mit ihren Handys!

D   Ja klar! Weißt du warum? Das wird bei im Internet gepostet.

J   Dort ruft sogar einer: „Jiang Kun, dreh dich um und posier mal (kurz)!" Ich bin ins Tigergehege gefallen. Was gibt's denn da zu posieren?!

D   Dann posier doch nicht.

J   Dann direkt im Internet: „Alter, schaut mal, Jiang Kun ist schon wieder ins Tigergehege gefallen. Liken!" Ich bin ins Tigergehege gefallen. Was gibt's denn da zu liken?!

D   Das ist ja modern!

J   Ihr da oben! Wer ein Handy hat, sollte lieber schnell die Polizei rufen!

D   Genau, ruft schnell die Polizei.

J   „Haben wir schon!"

D   Warum kommt denn kein Krankenwagen?

J   „Du bist zur falschen Zeit reingefallen! Rush Hour. Der steht noch im Stau!"

D   Gedulde dich noch ein wenig!

J   „Hey, der junge Mann da oben. Du bist (noch) jung, komm doch runter und hilf mir!"

D   Was sagt der?

J „Herr Jiang, ich würde Sie so gerne retten, aber wegen Ihres Alters traue ich mich nicht. Ich habe Angst, Sie behaupten dann, ich hätte Sie reingeschubst, und wollen Schadensersatz. Wie soll ich das meinem Papa erklären. "

D Wie kommt der Junge denn auf die Idee?

J Als ich vor 30 Jahren reingefallen bin, habe ich gehofft, dass Journalisten kommen. Ich habe Ihnen gesagt, sie sollen CCTV holen, um zu filmen, wie ich gefressen werde. Ich sagte: Diesen Film können wi rins Ausland gegen Devisen verkaufen. Dann ist das wenigstens auch ein Beitrag vor meinem Tod 7. Fünfjahresplan!

D Das hast du damals gesagt.

J Heute muss ich keine 3 Minuten warten und die ganze Presse ist anwe-send, Große und kleine Zeitungen, Fernsehen und Rundfunk, und Inter-netreporter. Und alle richten ihre langen und kurzen Objektive auf mich und stellen mir eine Frage, die mich zur Weißglut treibt.

外文译本

D (Welche) Was fuer eine?

J Jiang Kun, bist du glücklich?

D Gute Frage, falscher Zeitpunkt.

J Was ist das für eine Frage?! Komm doch runter und frag den Tiger, ob er glücklich ist! Denkt euchdoch eine Lösung aus!

D Man muss sich doch eine Lösung ausdenken.

J „Herr Jiang Kun wir sind Live auf Sendung um die gesamte Bevölkerung zu mobilisieren. "

D Auch noch eine Livesendung(im Fernsehen)?

J Die Scheinwerfer sind an, die Kameras sind auf mich gerichtet.(und der

Nachrichtensprecher ist auch schon da) Es gibt sogar noch einen Modera-
tor: „Liebe Zuschauer, wir befinden uns hier im Löwen–und Tigergehege
(des Pekinger)im Zoo Beijing. Nach 30 Jahren ist Jiang Kun vor wenigen
Minuten wieder ins Tigergehege gefallen. Wird Jiang Kun gerettet wer-
den? Wie wird er sich diesmal retten? Wir laden Sie herzlich zum
Gewinnspiel auf unserer Webseite ein. Senden Sie eine SMS mit der
Antwort oder scannen Sie den QR–Code, um teilzunehmen. Auf den Gewin-
ner wartet eine Jahreskarte für den Zoo."

D   Wie oft musst du denn dann im in einem Jahr reinfallen?

J   Manche übertragen auch live mit ihren Handys: „Liebe Freunde, willkom-
men in meinem Chatraum. (Seht gut hin) Ihr Kommt zum richtigen Zeit-
punkt, Jiang Kun ist wieder ins Tigergehege gefallen! Danke für´s Kom-
mentieren! "

D   Eigenwerbung.

J   „Wie wir sehen können, das ist Jiang Kun, er ist nur (etwa) knapp 5m
vom Tiger entfernt. Laut der großen gesammelten Daten wissen wir, dass
es sich um eine 2 Jahre alten weiblichen Tiger handelt, die sich gerade in
der Paarungszeit befindet. Ihr Name ist: „Meine Hand fährt zärtlich durch
deine Haare."

D   W...W...Was? Das ist der Name von der Tigerin?

J   Onlinename.

D   Der Tiger benutzt Internet?

J   Sein Pfleger.

D   Und wie heißt denn nun die Tigerin?

J   „Die Tigerin heißt Dudu, vielen Dank für´s Kommentieren! Laut unseren

虎口退想三十年

Nachforschungen ist der Grad der Aggression bei weiblichen Tigern in freier Wildbahn signifikant höher als bei männlichen Tigern. In der Paarungszeit. ist das Level der Aggression bei weiblichen Tigern am höchsten. Wir sehen also, dass Jiang Kun heute wirklich keinen guten Tag erwischt hat. Vielen Dank, dass ihr eingeschaltet habt, bleiben wir gespannt!"

D   Gespannt auf was? Denkt euch lieber was aus, um zu helfen!

J   Oben sagt jemand:„Wir haben nun online einen Experten in der Leitung."

D   Wir brauchen wirklich einen Experten.

J   Sofort hört man den Möchtegernexperten, „War das ein unerwartet."

D   Ja klar war das ein unerwartet.

J   „Unser Expertenteam hat nach langer Analyse aus 30 Methoden die einzig sinnvolle Methode zur Rettung von Jiang Kun herausgefiltert."

D   Welche Methode?

J   „Selbstrettung. "

D   Unsinn! Wie soll man sich selbst retten?

J   „Das ist ganz einfach. Jiang Kun sollte sich zunächst ruhig verhalten und sich bewusst werden, wem er gegenüberstehst. Einem Tiger! Was für ein Tiger? Ein weiblicher Tiger! Was für ein weiblicher? Einer in der Paarungszeit! In diesem Fall sollte Jiang Kun einen männlichen Tiger imitieren und ein Signal an den weiblichen Tiger aussenden."

D   Was für ein Signal?

J   „Ein Balzsignal. "

D   Jiang Kun ist schon über 60. Ist das nicht zu spät für Balzsignale?

J   „Eigentlich ist das ganz einfach. Man imitiert erst den männlichen Tiger,

外文译本

geht dann langsam auf den weiblichen Tiger zu, beißt ihm zärtlich ins Ohr und dann....˝

D   Was und dann...?

J   Oh Gott, ich fang gleich an zu weinen. Eigentlich bin ich halbwegs in Sicherheit und jetzt soll ich auf die Tigerin zugehen? Was ist denn, wenn ich ihr gerade ins Ohr beißen will und sie in dem Moment den Kopf umdreht? Dann ist mein (Kopf) Hals doch direkt (in) an ihrem Maul. Das ist kein Balzsignal.

D   Sondern.

J   Lebensmüdigkeit!

D   Experte, das ist Unsinn, was du da erzählst.

J   Daraufhin der Experte: „Wenn das nicht geht, dann bleibt nur noch Hilfe von extern.˝

D   Wie sieht das aus?

J   „Wir rufen die Feuerwehr. Die sollen ein Seil runterwerfen.˝

D   Was machen die?

J   Ein Seil(runterwerfen).

D   Ach, ein Seil runterwerfen.

J   Genau.

D   Das ist eine gute Idee!

J   Was soll daran gut sein? Was hat er damit vor?

D   Das ist wie ein Lasso!

J   Wen soll er (rausziehen) damit einfangen?

D   Ist doch egal, wen er (rauszieht) einfängt. Schließlich sind nur du und der Tiger da unten. Sobald einer eingefangen wird, bist du gerettet. (Es bedeutet auf jeden Fall deine Rettung.)

J   So eine blöde Idee Ich könnte mir vor Wut aufs Bein schlagen.. . Ey..., ich
     habe doch mein Handy mit!

D   Ruf die Polizei!

J   Schau dir das an. Normalerweise bekomme ich den ganzen Tag Werbe,
     und Vertreteranrufe. Aber (und) jetzt in diesem kritischen Moment habe
     ich keinen Empfang! Hey, ihr da oben, habt ihr WIFI? Geb tmir das
     Passwort! Fragt mal den Zoodirektor (nach dem Passwort)! Was? Der Di-
     rektor ist gestern vom Staatsanwalt abgeholt worden?

D   Der ist verhaftet worden?

J   Weshalb? Wegen Veruntreuung des Futtergeldes?

D   Oh Mann!

J   Der Tiger hat noch nichts gefressen heute...Was ist das denn für ein
     Laden hier? Der Direktor in Untersuchungshaft und der Pfleger surft im
     Internet. Gibt´s noch jemanden, der anständig arbeitet?

D   (Dann)Denk dir lieber selber was aus!

J   ˬTiger, schau mich mal genau an. Ich bin schon wieder hier war ich vor
     30 Jahren schon mal. Damals warst es nicht du. Wahrscheinlich war das
     dein Papa. Ich muss mich bei deinem Papa entschuldigen. Damals habe
     ich ihm versprochen, ihm eine Tigerin zu vermitteln, falls ich es hier raus
     schaffe. Aber da ich auch von der heutigen unehrlichen Gesellschaft bee-
     influsst worden bin, habe ich das Versprechen ganz vergessen und nur
     für selber eine Partnerin gesucht. weiß nicht, ob er jemanden gefunden
     hat. Anscheinend schon, sonst wärst du ja nicht hier.˝

D   Er spricht vor lauter Angst schon ganz wirr.

外
文
译
本

J „Tiger, Tiger hör mir genau zu, wenn du mich vor 30 Jahren gefressen hättest, wäre ich noch als Bio-Lebensmittel durchgegangen. Aber jetzt ist es ganz anders."

D Was gibt es jetzt für einen Unterschied zu damals?

J „Wir haben in diesen Jahren zu Hause so oft vorgerichtet. Ich habe jegliche Giftstoffe eingeatmet, gefälschten Schnaps getrunken und alle möglichen Zusatzstoffe inden Lebensmitteln gegessen. Wenn du mich frisst, ist das Gift für deinen kleinen Körper. Das verträgst du nicht."

D Als ob die Tigerin das versteht?

J Auf einmal hebt die Tigerini hren Kopf.

D Hat sie dich erwischt?

J Sie rennt in ihre Höhle zurück legt sich hin und bewegtsich nicht.

D Warum?

J Oh, da fällt mir doch glatt ein; Das doch keine wilden Tiere , das sind alles vom Staatszoo dressierte Tiere. Die fressen niemanden!

D Dann bist du gerettet.

J Ich bin überglücklich. Wenn du keinen frisst, dann komm doch raus! Wir können gemeinsam Spaß haben! Aber egal wie sehr ich rufe, er kommt einfach nicht raus!

D Warum kommt er nicht raus?

J Erkennt sich gut aus und weiß, dass es ihm an den Kragen geht, wenn er rauskommt.

D Was ist denn draußen los?

J Bei uns werden jetztsowohl die Fliegen als auch die Tiger werden erschla-gen! (Erklärung: Kampf gegen Fliegen und Tiger bezeichnet(eine Kampagne der chinesischen Regierung gegen Korruption in sowohl hohen Parteiebenen (Tiger) als auch in niedrigeren Instanzen (Fliegen)).

D Selbst sie hat das verstanden?

姜昆在德国柏林。

《新虎口遐想》法语译本

Jiang Il y avait 30 ans, j´ai joué un dialogue comique intitulé <<les imagina-
tions devant les tigres>>.

Dai Oui, j´en gardais encore un souvenir impérisable. Et on va le répéter
aujourd´hui?

J Oh c´est déjà désuet, et j´ai oublié toutes les paroles.

D Je parle de "nouvelles imaginations devant les tigres", comme si tu tombe
aujourd´hui encore une fois dans l´enceinte des tigres du zoo.

J Comment ça se fait que j´y tombe encore une fois après quelques années?

D Les spectateurs le souhaite. Les applaudissements svp! Le tigre est sorti
du cage!

J Mon dieu!

D Maintenant tu es de nouveau dans l´enceinte du tigre.

J Lorsque j´y étais tombé la fois dernière, tout le monde a essayé de me
sauver, les femmes avec les cordons de soie et les hommes avec leurs
ceintures.

外文译本

D　Pour te tirer hors de danger.

J　Aujourd'hui, il y a aussi beaucoup de monde, mais personne n'a la main libre.

D　Que font–ils alors?

J　Ils prennent des photos avec les portables!

D　Tu sais pourquoi? Ils vont poster les photos sur les réseaux sociaux.

J　Certains me crient: "Retounez, et faites une pose." Comment puis–je faire ça dans l'enceinte des tigres?

D　Mieux de ne pas le faire.

J　Certains envoient des messages: "Regardez vite, JIANG Kun est de nouveau dans l'enceinte des tigres, donnez vite un like." Pourquoi ce like?!

D　C'est la mode.

J　"Avertissez vite la police avec vos portables! "

D　Tout de suite.

J　"Nous avons déjà fait! "

D　Où est le secours alors?

J　"T'as mal choisi le moment d'y tomber, c'est l'heure de pointe, les secours sont bloqués sur la route."

D　Tu n'as que te patienter.

J　"Jeune homme, descends pour me donner un coup de main! "

D　Que dit–il?

J　"Oncle JIANG, je voudrais bien vous sauver, mais à voir votre âge, je ne peux pas, de crainte d'être accusé de vous avoir poussé, et j'aurais du mal à expliquer à mon père."

D　Quel jeune homme!

J　Lors de ma première expérience il y avait 30 ans, j'ai espéré voir les jour-
nalistes de CCTV pour leur dire: "Filmez vite quand le tigre me ronge,
vendez ce film à l'étranger et donnez la devise à l'Etat comme ma con-
tribution modeste au 7e Plan quinquennal."

D　C'est ce que tu avais dit.

J　Aujourd'hui, 3 minitues que je suis dans l'enceinte, je vois beaucoup de
journalistes devant moi, avec leurs caméras, et leur question m'a mis en
rogne!

D　Quelle question?

J　"M. JANG, êtes-vous heureux?"

D　Bonne question, mais inopportune.

J　En ce moment de crise, il importe de trouver un moyen pour me sauver!

D　T'as raison.

J　"Monsieur JIANG, toute la société est mobilisée. Voilà nous sommes en
direct."

D　Transmission en direct?!

J　Les caméras sont tournés sur moi, avec l'éclairage, et un présentateur :
"chers téléspectateurs, je suis maintenant au zoo de Pékin, près de l'en-
ceinte des tigres. 30 ans après, M. JIANG est tombé, une nouvelle fois,
dans l'enceinte. Cette fois-ci, peut-on le sauver, et comment? Vous êtes
tous invités à y répondre sur la ligne. Envoyez-nous vos messages ou
scannez le QR code affiché sur l'écran et vous pourriez gagner un billet
d'entrée annuel du zoo! "

D　Tu aura à y tomber combien de fois par an?

J　La transmission sur le portable est aussi en cours: "Bienvenue sur mon

211

外文译本

blog template! M. JIANG est tombé une nouvelle fois dans l'enceinte des tigres! Merci pour la visite! "

D   Auto media.

J   "On voit M. JIANG, à moins de 5 mètres du tigre. D'après les données, il s'agit d'une tigresse de 2 ans, en chaleur! Son nom est...les doigts traversant la chevelure."

D   C'est le nom de la tigresse?

J   Son nom de blog!

D   La tigresse navigue sur internet?

J   C'est son éleveur!

D   Et le nom de la tigresse?

J   "Elle s'appelle Dudu. Les données montrent que la tigresse, surtout celle en chaleur, est plus dangeureuse qu'un tigre. Il y aura moins de chance pour M. JIANG de s'en sortir. On verra! Merci pour la visite."

D   Qu'attend-on encore? Il faut trouver des moyens!

J   "Des experts sont en liaison directe pour nous donner des recommanda-tions."

D   C'est nécessaire!

J   On entend les experts: "Il s'agit d'un incident d'urgence."

D   Evidemment.

J   "Le groupe d'expert a mis au point 30 projets d'intervention, et après de mûres réflxions, on en a retenu un."

D   Quel est votre projet?

J   "Se sauver par ses propres efforts! "

D   Quelles balivernes!

J "C'est très simple: gardez votre sang-froid, réfléchissez bien vous êtes de-
   vant quoi? Un tigre, plutôt une tigresse. En quel état? En chaleur. Dans
   ce cas-là, il faut se déguiser en tigre et lui lancer un signal."

D Lequel?

J Un signal pour attirer la tigresse!

D Messieurs les experts, à l'âge de plus de 60 ans, c'est trop tard pour lui
   d'apprendre à faire ce signal!

J "C'est tout à fait simple! Vous faites comme un tigre, puis venez derrière
   la tigresse, puis lui mordillez l'oreille, puis..."

D Il n'y a plus de puis!

J J'ai failli pleurer de peur! Il faut que j'approche de la tigresse et lui
   mordille l'oreille? Si elle tourne la tête et me mord le cou? Quel signal!

D Signal pour attirer la tigresse.

J Signal pour se donner la mort!

D En effet.

J Les experts continuent: "Si vous jugez cette méthode inappropriée, on va
   essayer un sauvetage par autrui."

D Commet ça se fait?

J Les sapeurs-pompiers peuvent vous lancer une corde (dialecte)."

D Quoi?

J Lancer une corde (dialecte).

D Ah oui.

J Lancer une corde (dialecte).

D Lancer une corde (dialecte), bonne idée!

J Comment trouvez-vous que c'est une bonne idée? Que veulent-ils faire?

外文译本

D   Pour attraper.

J   Attraper qui?

D   N'importe! Il n'y a que toi et la tigresse dans l'enceinte. Qu'on attrape l'un ou l'autre, tu sera sauvé!

J   Ce n'est pas une bonne idée! Furieux, je me tape la jambe et touche mon portable dans la poche!

D   Avertissez vite la police!

J   Que ce portable est inutile! Autrefois, je reçois tout le temps des appels inconnus et des messages d'escroquerie, et maintenant, pas de signal!
    "Mes amis en haut, avez-vous WIFI? Donnez-moi le code! " "Allez demender au directeur du zoo! Quoi, il a été interpellé par la police hier soir?"

D   Mis à garde à vue?

J   Et pourquoi? Soupçonné d'avoir détourné les frais de nourriture du tigre.

D   Et alors...

J   La tigresse n'a pas mangé depuis... Vous vous rendez compte, le directeur est mis en garde à vue, l'éleveur navigue sur internet...

D   Il faut te débrouiller toi-même!

J   "Ma tigresse, ouvre les yeux et regarde moi, je suis de nouveau dans cette enceinte. Lorsque j'y ai été il y avait 30, c'était ton père à qui je devait encore quelque chose. Je lui avais dit que si je pourrais sortir d'ici, je lui trouverais une compagne. Une fois sorti, j'ai tout oublié et je m'empressais à trouver une petite amie à moi! Je ne sais pas si ton père avait trouvé ou non une compagne, enfin il aurait dû en trouver une, sinon tu ne serais pas là."

D   Tu commence à dire n'importe quoi.

J   "Ma tigresse, si ton père m'avait mangé il y avait 30 ans, c'était encore un aliment bio. Mais aujourd'hui, tout a changé! "

D   Qu'est-ce qui a changé?

J   "J'ai fait des travaux de décoration de mon appartement et j'ai inhalé pas mal de formol, j'ai bu beaucoup d'alcool falsifié, j'ai mangé beaucoup d'aliments avec additifs... Si tu me mange, c'est comme si tu avale des poisons, et tu ne peux pas survivre! "

D   Comment peut-elle te comprendre?

J   A ces mots, la tigresse lève la tête, et elle rugit!

D   Elle t'attaque?!

J   Elle rentre dans le cage, et elle se couche.

D   Elle rentre?

J   Tout à coup, je me rappelle que ce n'est pas un zoo d'animaux sauvage, mais un jardin d'acclimatation! Ce sont des tigres domptés et ils n'attaquent pas les hommes.

D   Tu es en sécurité!

J   Quel bonheur! Alors pourquoi tu rentres? Viens et on s'amuse ensemble! Mais la tigresse refuse de sortir!

D   Pourquoi?

J   Je crois qu'elle se rend compte de la situation déforable pour elle.

D   Quelle situation?

J   Dans la lutte contre la corruption, il faut frapper aussi bien les mouches que les tigres!

D   Elle comprend tout cela?!

外文译本

姜昆在法国爱丽舍宫拜访法国总统府亚洲文化
顾问白展堂先生,摄于 2010 年。

《新虎口遐想》西班牙语译本

Jiang   Hace 30 años me desempeñe en Xiangsheng titulado ¨Imaginación en la Boca de un Tigre¨.(Xiangsheng: desempeño cómico tradicional del norte de China)

Dai   Nos dejó una profunda impresión. Así que hoy vamos a presentar nuevamente la ¨Imaginación en la Boca de un Tigre¨.

J   Qué va, todos han visto aquel desmpeño. Además se me olvidaron las palabras.

D   ¿Quién te invitará a repetir lo de 30 años atrás? Cuéntanos qué te imaginas si hoy caes otra vez en la guarida de tigre.

J   ¿Cómo es posible caer en la guarida del tigre cada cuántos años?

D   El público quiere verte. Ven, por favor, todos digan: ¨¡el tigre sale de su guarida! ¨ (Simulagro de efectos de sonido y la imagen en la pantalla)

J   ¡Madre mía!

D   Cae otra vez en la guarida.

J   Hace años cuando me caí en la guarida, todos vinieron a salvarme. Las

mujeres ayudaron con sus cintas de falda, y los caballeros, tiraron sus cin-
turones.

D　Para sacarte de la guarida.

J　Hoy igualment ha venido mucha gente, pero temo que nadie tiene los
manos libres para salvarme.

D　¿Porqué?

J　Me están tomando fotos con sus celulares.

D　Sí. ¿Pero sabes porqué te toman fotos? Es para publicarlas en su WeChat,
en sus momentos.

J　Mira, gente en este lado está gritando, "ven, Jiang Kun, de vuelta para
hacer una "pose". (Jiang hace los movimientos mientras habla)" ¿Cómo
hacer una "pose" al caerme en la guarida?

D　Entonces deja de hacer poses.

J　En seguida ellos publican en su WeChat, "amigos, vengan a ver, Jiang
Kun se cae otra vez en la guarida, pongan "me gusta" por favor. ¿Comó es
que le gusta caerme en la guarida?

D　Es de moda.

J　Amigos de arriba, que tienen celular, hagan el favor de marcar a policía.

D　Sí, deben informar a policía.

J　"Ya llamamos a policía."

D　Rápido, camión de emergencia.

J　Se cae en un momento no oportuno. En esta hora de atasco, todos los
vehículos se estacan en el camino.

D　Tenga más paciencia.

J   Hola, el muchacho de allá, tu eres joven, no les hagas caso, baje a sal-
    varme.

D   ¿Qué dice el joven?

J   Tío Jiang, tengo muchas ganas de ayudarte. Pero no me atrevo a salvar a
    una persona de su edad. Por si acaso, logro a sacarte de allá, después
    dices que he sido yo el que te empujo y causo tu caída, ¿cómo explico
    eso a mi Papá?

D   ¡Qué ridículo es esa idea!

J   30 años atrás, cuando me caí en la guarida, deseaba mucho que vinieran
    periodistas. Dije al Público, ¨Vayan a buscar a un periodista de CCTV,
    para filmar cómo me come el tigre. Al vender este documental al extran-
    jero, la divisa que gana, puede ser mi última contribución al Séptimo Plan
    Quinquenal al morir.¨

D   Sí, así se dice.

J   Hoy no hace falta mandar a alguien a buscar periodistas. En 3 minutos,
    periodistas nacionales, paparazzi, radio y de internet, llegan. Me apuntan
    con sus cámaras de telefoto, de enfoque corto. Y me hacen una pregunta
    que me vuela la piedra.

D   ¿Qué pregunta?

J   Jiang Kun, ¿estás feliz?

D   Caramba, buena pregunta, lugar equivocado.

J   Tu, me dices, ¡qué momento es éste! ¡Baja a demostrar tu felicidad con el
    tigre! Vengan, apresúrense de encontrar una solución.

D   Deben tener una idea.

外
文
译
本

J　"Maestro Jiang Kun, vamos a movilizar a todos para sacar una idea, pero ahora estamos en transmisión en vivo."

D　¿Eso, transmisión en directo?

J　Ahora, se enciende la luz, las cámaras de video me enfocan, un interlocutor dice, "amigos delante de su televisión, nos encontramos en el Zoo de Beijing, al lado de la montaña de tigres y leones. Al pasar 30 años, tan sólo unos minutos antes, Jiang Kun se cayó una vez más en la guarida de tigre. Pdemos preguntar, ¿Si Jiang se salvará? ¿Cómo? ¿Con qué medios? Bienvenidos a participar en la competencia de adivinanza por internet. Puede enviarnos un mensaje o escanear el código QR (código de respuesta rápida) que aparece en la parte baja de la pantalla para participar en nuestro juego de interacción. El que gane tendrá como premio una entrada anual al Zoo."

D　¿Cuantas veces vas a caerte en la guarida?

J　Los que están en transmisión en directo con su celular, "amigos, amigos, bienvenidos a mi cuartico para observar, tienen mucha suerte de ver la nueva caída de Jiang Kun en la guarida del tigre. ¡Gracias por refrescar mi pantalla, gracias! "

D　Auto medio.

J　"A través de nuestra cámara, pueden ver a Jiang Kun, a una distancia de 5 metros del tigre. No, según la información que tenemos, es tigre hembra de 2 años, que se encuentra en el periodo de estro. Su nombre es...Mi mano que atraviesa su hermoso cabello."

D　¿Cómo, cómo? ¿Es el nombre de un tigre hembra?

J   Nombre de usuario en internet.

D   ¿La tigresa sabe navegar por internet?

J   El creador sí.

D   ¿Y el nombre del tigre hembra?

J   El nombre del tigre es Dudu. ¡Gracias por refrescar mi pantalla, gracias! La Big Data demuestra que en el ambiente silvestre, la agresividad de los tigre hembras es mucho mayor que los tigres machos, mientras que las hembras en estro, son aún más fuertes. Así que esta vez Jiang Kun será mucho menos afortunado que antes. Limpiemos nuestros ojos para ver qué pasará. ¡Gracias por refrescar mi pantalla, gracias!

D   Waf, ¿Qué esperan al limpiar los ojos? Por favor, periodistas, debéis tomar acciones.

J   Mi jefe ha dicho, "estamos contactando a los expertos para que nos guien en en el rescate."

D   De verdad deben consultar a los especialistas.

J   En seguida llega la voz de un especialista que suena razonable, "la caída de Jiang Kun por segunda vez en la guarida de tigre es una contingencia repentina."

D   Claro que es una contingencia.

J   "Nuestro grupo de especialistas han dado 30 opciones, de las cuales sólo una es viable para sacar a Jiang Kun, al realizar una serie de estudios y selecciones."

D   ¿Cual es?

J   Auto—rescate.

外文译本

D   No sirve para nada. ¿Cómo auto–rescatarse?

J   ¨Bueno, es muy simple. Jiang Kun debes mantener la calma en este mo-
     mento. Debes pensar, ¿qué es? ¡Tigre! ¿Qué tigre? ¡Una hembra! ¿Qué
     hembra? Una hembra en estro. De acuerdo con esta realidad, Jiang Kun
     debe modelarse en un tigre macho y enviarle mensajes a la hembra.¨

D   ¿Qué mensaje?

J   ¨Mensaje de cortejo.¨

D   Mira, Doctor, Jiang Kun ya tiene más de 60 años, ¿tovadía puede enviar
     mensaje de cortejo?

J   ¨No es nada difícil. Regularmente, debes acercarte despacito a la hembra,
     como un macho, muerde suavemente su oreja, y después...¨

D   ¿Aún, es posible que pase algo después?

J   Dios mío, estoy a punto de llorar. Todavía estoy vivo ahora, y ¿si gateo
     más allá voluntariamente? ¿Yo, alargo mi cuello para morder la oreja de
     la tigresa? ¿la tigresa, al darse la vuelta, al ver mi cuello a su boca justa-
     mente, no va a morder mi cuello? ¡Qué mierda mensaje es éste!

D   Mensaje de estro.

J   ¡Mensaje de pedir la muerte!

D   Oh, Doctor, esta opción no funciana.

J   El especialista da otra solución, ¨si no le parece aceptable, tenemos que
     tomar medidas de rescate desde afuera.¨

D   ¿Qué?

J   ¨Solicitamos la intervención de bomberos, ellos arrojaran (dialecto) cuerdas
     hacia abajo desde la Montaña del León y el Tigre.¨

D   ¿Qué harían hacia abajo?

J   (dialecto) arrojar cuerdas hacia abajo.

D   Oh, arrojar cuerdas hacia abajo.

J   (dialecto) arrojar cuerdas hacia abajo.

D   Sí, (imitación en dialecto) arrojar cuerdas, buena idea.

J   ¿Cómo que buena idea? ¿Qué quieren hacer arrojando cuerdas?

D   Es para...él, ¡para atraparlo!

J   ¿A quién atrapan?

D   A quien puedan. Allá abajo sólo están tu y la tigresa. No importa a quien atrapen, estarás salvo.

J   ¡No es una buena idea! Estoy tan enojado que se me desgarró el muslo. Al tocar mi bolsillo en mis pantalones, me acordé que yo también tenía celular.

D   ¡Date prisa, marca a la plicía!

J   En seguida saqué mi celular, ¡Qué malvado es el celular! Todos los días entran una que otra llamada de acoso y mensajes de fraude SMS, pero a-hora el celular no cuenta con señal. Amigos de arriba, ¿tienen WIFI para compartir? Denme su clave. Tengo que preguntar al director del Zoo. ¿Y qué? ¿El director fue llevado por la fiscalía ayer?

D   ¿Fue detenido?

J   ¿Porqué? ¿Por la corrupción de comidas de tigres?

D   ¡Guau!

J   Entonces esta tigresa aún no ha comido...¡Qué domonio es este Zoo! El director está en Shuanggui (significa a un régimen especial para confesar

外文译本

sus problemas dentro de un tiempo prescrito y en un lugar prescrito), el creador está navegando en internet. ¿Hay algien más que haga su trabajo en serio?

D   Tratas de encontrar una idea propia imediatamento.

J   ¨Tigresa, abre los ojos. Mira, soy yo, he vuelto nuevamente. Conozco muy bien este lugar. Cuando vine hace 30 años tovadía no eras tú, debía ser tu papá. Hay algo por lo que debería pedir disculpas a tu papá. 30 años atrás, le prometí que iba a presentarle una tigresa al salir de aquí. Pero al salir, yo me concentré en mi noviazgo, y a lo mejor influenciado por el ambiente social empeorado por la credebilidad, se me olvidó el compromiso. No se si por fin encontró a una tigresa. Oh, sí encontró. Si no, de dónde saliste.¨

D   Está trastormado mentalmente por el temor.

J   Tigresa, tigresa, yo quiero decirle algo, 30 años atrás, podría comerme, porque aún era comida verde (significa a comida libre de polusión). Ahora si me comes, es diferente.

D   ¿Cual es la diferencia?

J   ¨En los últimos años he remoderado varias veces mi casa. Puedo decir, he respirado mucho aire tóxico, he tomado mucho licor adulterado, he comido demaciado aditivos alimentarios. Comerme equivale a comer veneno.¨

D   ¿Le entiende la tigresa?

J   En ese momento, se ve que la tigresa levanta su cabeza, pum, pum.

D   ¿se lanza hacia ti?

J   Pum, pum, pum. Ella vuelve a su guarida. Se tumba sin mover.

D   ¿Regresa a su casa?

J   Caramba, de repente me acuerdo que no es una tigresa de un parque Sa-
    fari, sino una tigresa domesticada en un zoo nacional. ¡La tigresa no come
    hombres!

D   Estás a salvo.

J   ¡Qué alegría! ¿Porqué te metiste a su guarida? ¿O, no come hombres?
    Venga, nos divertimos juntos? Venga. Pero no sale, no importa cuántas
    veces la provoque.

D   ¿Alguna razón especial?

J   Ella piensa que es mejor no salir al valorar la situación actual afuera.

D   ¿Qué situación?

J   Están poniéndose duros con tigres y moscas. (significa corruptos millonar-
    ios y corruptos pequeños)

D   ¿Ella también sabe?

外文译本

姜昆赴智利演出，"笑友会"在机场欢迎，摄于 2017 年。

后记

○高玉琮

在 2017 年央视春晚的舞台上，姜昆推出了《新虎口遐想》。可以认为，姜昆说的只是一段普普通通的新相声。但是，这又是一篇不同凡响的新作，因其引发了一定的"地震效应"。地震乃自然现象，我之所以借此来评说《新虎口遐想》，意在强调这部作品引起的极大关注。如果让全国观众来回味这届央视春晚的全部节目，相信多数人首先想到的就是《新虎口遐想》。因此，称这篇相声新作在全国观众面前亮相后产生了"地震效应"，也就毫不为过了。

相声的特点是逗笑，是否逗笑是相声艺术的评判标准，但又不是唯一的标准。相声需要笑声，但需要的是雅俗共赏的笑，而非粗俗浅薄乃至毫无意义甚至低级趣味的笑。好的相声作品应使听众在笑过之后有所回味，并在回味中受到一定的教化，从而在听过一段相声后能进一步认识社会、认识人生。可以说，无论是传统相声还是新相声，能做到这一点的并不多。尤其是 20 世纪 80 年代中期，除了《一个推销员》《巧立名目》《武松打虎》等仅有的几个作品外，少有经典之作。

但是，姜昆与梁左合作了一批新相声，而且每一篇新相声都会引起很

大的反响,其中以《虎口遐想》反响最大,几乎家喻户晓。当时,包括《虎口遐想》在内的《特大新闻》《电梯奇遇》等作品之所以受到欢迎,原因在于这批相声在遵循了相声艺术创作的本质规律外,又背离了相声的传统结构以及包袱设计手法,充分将怪诞与社会现实相结合,且手段运用几近完美,使得观众在欣赏时,于陌生中感到亲切,从而乐于接受,而且提起这批相声中的任何一段,都会津津乐道,给予极高评价。

三十年后,姜昆把《新虎口遐想》搬上央视春晚的舞台。此时,曾与姜昆合作多年的梁左先生已仙逝十六年。可以认为,此次姜昆的新"遐想"是对梁左先生在天之灵的汇报,也是最大的慰藉。

《新虎口遐想》所引发的"地震效应",还表现在无数媒体的极大关注上,各路媒体纷纷以各种形式发表评介言论。同时,全国各地的相声艺术评论家、研究者也撰写文章,从这一新作的创作、表演、功能、审美取向、社会意义等多方面进行分析、研究,写出了不少高质量的理论研究作品。在此,感谢各媒体的关注,感谢各位理论家、评论家的评点。

也非常感谢翻译家将作品分别翻译成英、日、德、法、西班牙五种文字,介绍给欣赏"虎口"的国外学者和观众。

尽管国外也有一些逗笑的娱乐节目,如美国的脱口秀、日本的漫才等,但这些艺术形式与我国的相声艺术有着极大的甚至本质上的不同。之前,有诸多外国学者研究我国的相声艺术,如俄罗斯的司格林,他与侯宝林、姜昆等相声大家交情很深,曾将中国的曲艺尤其是相声翻译成俄文,给予了较为全面的介绍;再如美国的林培瑞,他与马三立等相声大家熟识,写了多篇关于相声的论文,并曾与孟祥光合作表演相声。研究中国相声艺术的外国学者无不认为,我国的相声有着区别于外国一些喜剧形式的独有艺术特点,如作品的结构、包袱的设计、捧逗二者之间的关系、所表现的内容,等等。至今,仍有不少外国人热爱中国的相声,姜昆把相声带到了几十个国家和地区,无不受到国际友人的喜爱。再如南开大学鲍震培教授,她一直在向外国留学生教授相声知识。我也曾辅导两名法国留学生撰写研究生毕业论文,内容正是我国的相声。

此前,张寿臣演出的《牛头轿》等相声作品被日本的图书馆收藏,但未经翻译,收藏的是中文版本。再有,刘宝瑞表演的传统节目《珍珠翡翠白玉汤》、马三立表演的新相声《买猴儿》,虽曾被翻译成外文,但也只被翻译成一种文字。

鉴于许多国际友人对"虎口"的热爱,并希望得到文本,此次将"虎口"翻译成五种文字,满足了不少国际友人的需要,更是将这一作品推向了世界舞台,希望能够扩大中国相声艺术在国际上的影响。

感谢著名学者冯骥才先生百忙之中为此书作序。

感谢出版此书的百花文艺出版社。该社有着深厚的出版曲艺著作的传统,曾出版过张寿臣、陈士和、李润杰、马三立、骆玉笙等多位曲艺大师级人物的书籍。

相信此书的问世,会对今后的相声创作具有一定的参考、借鉴意义,会对广大相声从业者大有裨益。

后记